LA DAME
DE
SACHSENHAUSEN

ROBERT HAZIFF

LA DAME DE SACHSENHAUSEN

HACHETTE

HACHETTE, 79, BOULEVARD SAINT-GERMAIN, PARIS VIe

I.

UN ÉCLAIR de soleil contraignit Gérard à ouvrir les yeux. Il regretta que Johanna eût tiré si violemment le rideau et ouvert la fenêtre toute grande sur la clarté du jour. Il était réveillé depuis quelque temps déjà, mais il prenait plaisir à entretenir une délicieuse somnolence, à y rester plongé comme dans une eau tiède. Il aurait voulu demeurer plus longtemps encore prisonnier de son rêve agréable, prisonnier de la chaleur des draps froissés où il cherchait du bout du pied quelque endroit encore frais, prisonnier de l'oreiller fripé où il avait envie d'enfouir son visage. Il aurait voulu continuer d'observer discrètement, les yeux à peine entrouverts sur la pénombre complice de la chambre, la femme qui allait et venait devant lui, de la salle de bain à la garde-robe qui lui faisait face.

Elle était petite, menue, de taille mince, avec une chevelure courte et drue qui couvrait à peine sa nuque et retombait en frange sur son front.

« Une femme-enfant! » se dit Gérard.

La femme, cependant, il la devinait dans l'assurance de son maintien, dans l'aisance de ses attitudes. Mais peut-être était-ce dû à la certitude qu'elle avait de la beauté de son corps. Car Johanna était belle. D'une étrange beauté. Jamais encore Gérard n'avait connu de fille pareille. Non, ce n'était pas une femme-enfant. Les hanches de Johanna étaient charnues et pleines, les fesses rondes, les cuisses musclées. Ce corps était solide malgré son apparence gracile.

Johanna endossa un court peignoir de tissu-éponge orangé et s'approcha du lit.

« Allons, il est bientôt huit heures. Il faut partir! »

Gérard tendit brusquement le bras et lui saisit le poignet. Elle se dégagea rapidement.

« Non, il est l'heure de s'en aller! » dit-elle en riant.

Gérard la lâcha, s'assit, replia ses genoux, et, le menton posé dessus, fixa le visage penché sur lui.

« Tu n'as pas envie de rester encore un peu? » demanda-t-il.

Elle secoua la tête, colla son poignet sous le nez de Gérard.

« Regarde l'heure, regarde! dit-elle. Je

n'ai pas le temps. Je commence à neuf heures. Je vais être retardée...

– En retard! » précisa Gérard.

Johanna parlait très correctement le français, mais il lui arrivait de temps à autre de commettre quelques erreurs. « La langue française est difficile, très difficile! disait-elle pour s'excuser. Jamais je n'aurai terminé de l'apprendre. »

Gérard avait pris un malin plaisir à s'amuser de ces imperfections pendant la soirée qu'ils avaient passée ensemble la veille. Il corrigeait ses fautes et ils en riaient tous les deux. Elle lui avait dit que les gens pour lesquels elle travaillait ne lui disaient rien à ce sujet, ou bien parce qu'ils connaissaient trop mal le français eux-mêmes, ou, peut-être, parce qu'ils étaient trop bien élevés pour lui en faire la remarque.

Johanna, en effet, était interprète. Diplômée de l'université. Elle était née dans une petite ville de Bavière au cours de la guerre, alors que son père combattait en Russie. Elle n'avait jamais connu celui-ci, disparu dans les combats ou à la suite des combats de Stalingrad. Elle était mariée depuis une dizaine d'années déjà à un représentant de commerce, avait un fils de sept ans et vivait à Sachsenhausen, un quartier animé de Francfort-sur-le-Main.

Gérard essayait de se souvenir des quelques confidences qu'elle lui avait faites la veille, sur la terrasse de ce café des Champs-Elysées où ils s'étaient rencontrés et au cours de la longue promenade qu'ils avaient effectuée par la Concorde, l'Etoile et les rues alentour. Il n'y parvenait pas. Les seuls éléments qu'il avait retenus tournoyaient dans sa tête et ne s'accrochaient pas les uns aux autres. Tout ce qu'il avait vécu depuis lors lui paraissait irréel, invraisemblable. A dix-neuf ans, il n'avait jamais imaginé qu'une seule nuit, que quelques heures d'une seule nuit pussent à ce point enrichir sa vie.

Gérard ne s'était jamais apitoyé sur son sort. Il n'était sans doute ni plus heureux, ni plus malheureux que des millions d'autres jeunes garçons qui peuplaient la France, l'Allemagne, l'Europe, le monde. Il en avait parfaitement conscience. Il avait parfois pensé que si sa mère n'était pas morte prématurément, cela aurait changé pour lui bien des choses. Mais, les années passant, le terrible chagrin qui l'avait torturé pendant des mois – il y avait déjà six années de cela – s'était estompé. Etait-ce parce que, d'un commun accord, son père et lui évitaient de parler de la morte, ou parce que Louis Villa avait eu l'idée de quitter l'appartement de Vincennes où ils avaient vécu tous ensemble pour en acheter un autre, plus petit, plus éloigné de Paris? Le déménagement leur avait été bénéfique à tous les deux. Bien qu'il éloignât Louis Villa du cabinet d'expert-comptable où il travaillait à Paris, cela ne l'empêchait pas de consacrer beaucoup de son temps à son fils. Les études de Gérard avaient en effet pâti de la disparition de Mme Villa, et Louis Villa avait dû suivre de près son fils pour que celui-ci pût poursuivre normalement sa scolarité. Mais père et fils s'étaient peu à peu éloignés : Louis Villa reprochait à Gérard son caractère ombrageux et fantasque. Gérard ne supportait pas chez son père l'air de sollicitude perpétuellement inquiète qu'il avait envers lui.

Sans être de caractère difficile, Gérard avait peu d'amis. Ni à l'école primaire, ni au lycée, sa vie n'avait été marquée par des liens de camaraderie privilégiés. Encore moins par ces amitiés dont il disait, en se moquant, qu'on pense toujours qu'elles sont éternelles mais qu'elles tombent en morceaux après quinze jours de séparation.

En dépit des violentes récriminations de son père, il avait abandonné ses études après son bac pour un travail de secrétariat dans une banque. Malgré l'astreinte des heures de bureau, il y avait acquis l'impression de liberté, d'indépendance qu'il attendait depuis longtemps. Ses collègues, hommes et femmes, beaucoup plus âgés que lui, restaient lointains, trop occupés de leurs soucis personnels, pour appeler la confidence. Et Gérard commençait à se complaire dans une orgueilleuse solitude lorsqu'il avait fait la connaissance de Jean-Claude.

« Allons, lève-toi, paresseux! » lança Johanna.

Il lui sourit, bâilla, s'étira longuement.

« Dommage! dit-il. On est si bien ici!... »

Elle ne répondit pas, s'affairant à ranger ses vêtements. Il la détailla. Le désir de son corps chaud et doux se réveillait en lui.

« Johanna!...

– Non! Sois raisonnable. Il faut partir, maintenant! » dit-elle.

Gérard se laissa tomber sur le dos et ferma les yeux, s'abandonnant au souvenir des moments extraordinaires qu'il venait de vivre. Il se sentait bien. Il n'avait besoin de rien, ni de personne...

Johanna retourna s'habiller dans la salle de bain. Gérard se redressa sur un coude, fit des yeux le tour de l'appartement et réprima un sourire.

« Si Jean-Claude me voyait! » se dit-il.

Il aimait bien Jean-Claude. C'était vraiment le seul copain auquel il se fût quelque peu attaché dans sa vie. Pourtant, Jean-Claude l'agaçait souvent, et ils se chamaillaient pour une vétille. Jean-Claude s'emportait très vite et lui, Gérard, affectait de rester de glace alors qu'il bouillait lui aussi de colère. Leurs discussions sur quelque sujet que ce fût, et même lorsqu'ils étaient d'accord, dérapaient. Jean-Claude reprochait à Gérard son manque de sentiment et sa tendance à tout analyser, à tout disséquer, à tout dépecer. Gérard faisait perfidement remarquer à Jean-Claude son immaturité et se moquait de ses enthousiasmes qu'il qualifiait d'enfantins.

Mais ces querelles étaient devenues pour eux une sorte de jeu. Au-delà de ce jeu s'était forgé entre eux depuis plus d'un an quelque chose qui ressemblait fort à de l'amitié. Jean-Claude avait confié à Gérard les quelques secrets de sa vie et connaissait ceux de Gérard.

Gérard lui avait parlé, en effet, des quelques filles qui avaient peuplé sa vie depuis qu'il avait plus ou moins perdu de vue Ghislaine après leurs vacances passées sur la côte bretonne. A dire vrai, ces amours fugaces n'étaient pas des secrets de bien grande importance, et Gérard n'en gardait qu'un souvenir déjà imprécis. Les caresses et les brèves étreintes qu'il avait connues à l'issue de surprises-parties ou avec des jeunes filles de bandes où il n'avait fait que quelques apparitions l'avaient toujours laissé insatisfait.

Jean-Claude lui avait dit que c'était à cause de Ghislaine. Gérard avait éclaté de rire. Ghislaine était une gentille copine, certes, mais leur flirt de vacances était déjà vieux et, en fait, ils ne se retrouvaient régulièrement que depuis quelques mois, depuis que, précisément, Jean-Claude arrangeait leurs sorties.

Gérard se surprit à se demander s'il lui raconterait cette aventure. Jean-Claude ne voudrait pas le croire. Pourtant, il n'inventerait rien, il n'y avait rien à inventer, c'était arrivé, c'était ainsi, et c'était à n'y pas croire. Le hasard, un hasard immense, extraordinaire!

Johanna revint dans la chambre, vêtue d'un pantalon de couleur rouille et d'un chemisier amarante.

« Dépêche-toi! dit-elle. Dans dix minutes, je pars. Tu ne dois pas rester ici après moi! »

Gérard sauta du lit pour se plonger dans le bain. Il s'étira voluptueusement dans l'eau chaude de la baignoire pendant que Johanna se maquillait devant l'immense glace de la salle de bain.

L'impression d'irréel qui l'avait envahi à son réveil le gagna de nouveau. Etait-ce le luxe de cet appartement? cette femme qui se parfumait près de lui?

Il retrouva brièvement le profil qu'il avait aperçu pour la première fois, la veille, lorsqu'elle s'était tournée vers lui qui venait de bousculer involontairement la table et de renverser son verre de jus de fruits : la frange de cheveux châtains sur le front, le nez court au bout arrondi, les pommettes saillantes, la bouche large aux dents petites et fines.

« Oh, excusez-moi... Je suis désolé! »

Gérard contemplait les dégâts qu'il venait de faire, le verre renversé, le jus d'orange qui coulait sur la table ronde.

La dame avait levé la tête, d'abord surprise, puis s'était mise à rire en voyant son air consterné.

« Cela n'est rien, cela n'est rien! disait-elle.

– Je vais faire remplacer votre consommation.

– Non, merci, cela n'a pas d'importance!

– Mais si, mais si! Enfin, si vous le permettez... »

Elle avait acquiescé en souriant. Chacun de ses sourires creusait deux longues fossettes, des ailes de son nez aux commissures de ses lèvres.

Gérard s'était assis à la petite table qu'il avait remarquée à son arrivée, près de celle où se trouvait cette dame. Le garçon était venu réparer les dégâts d'un air ennuyé.

« Je me demande comment ils font pour passer entre les tables sans rien casser! »

Elle avait ri de nouveau.

« C'est vrai. Il n'y a pas beaucoup de place. Mais ils connaissent. C'est leur métier.

– Heureusement que le verre est tombé du bon côté. Sinon, il m'aurait fallu vous emmener au pressing... »

Il avait enchaîné par quelques plaisanteries sur des incidents de ce genre. Elle riait franchement. Dans ses yeux très allongés brillait sans cesse une lueur de gaieté. Leur conversation s'était engagée dans la bonne humeur. Gérard faisait des commentaires sur les gens qui passaient devant eux sur le trottoir, de l'autre côté de la glace, dans la douceur de cette soirée de juin.

« A votre santé! avait-elle dit bientôt en levant son verre.

– Comment dit-on cela dans votre langue?

– Oh! Vous avez remarqué que je ne suis pas française?

– Oui. Vous parlez vraiment très bien le français, mais vous avez un petit accent... Attendez, je vais essayer de deviner... Pas anglaise, c'est sûr. Mais néerlandaise, ou autrichienne, ou allemande...

– Vous avez gagné, avait-elle répondu en souriant. Je suis allemande. Mais j'ai vécu beaucoup à l'étranger, en Angleterre et ici aussi, à Paris, pour perfectionner mon anglais et mon français. J'ai beaucoup aimé

Londres. Je travaillais... comment dites-vous? »

Elle avait réfléchi quelques secondes.

« Je travaillais au pair. Mais j'avais du temps libre et j'allais souvent dans les petits théâtres près de Piccadilly et dans le West-End, et puis aussi avec mes logeurs dans les petits restaurants de Soho... Vous connaissez?

– Très peu! Je n'y suis allé qu'une fois, un week-end, avec mon père. Je n'ai pas aimé. On y mange mal! »

Elle avait ri.

« Vous, les Français, vous pensez toujours à manger! Moi, j'aimais. Londres est gaie, charmante, les gens réservés, mais pas hostiles. Mais je connais aussi la France. Paris, et la Normandie, parce que j'ai vécu plusieurs mois dans une famille française, très sympathique. Paris est merveilleux. Je connais l'Opéra, les quais. Mais pour moi, la Rive Gauche est le quartier favorisé...

– Favori, avait rectifié Gérard.

– Ah! Vous voyez, j'ai oublié mon bon français... »

Le temps avait passé très vite. Elle bavardait sans cesse, manifestement heureuse de parler français et d'évoquer les souvenirs qu'elle avait conservés de ses séjours en France. Lorsqu'ils avaient quitté le bar, la nuit était tombée. L'avenue des Champs-Elysées vivait comme en plein jour. Une foule de promeneurs flânait sur les larges trottoirs, des gens de tout âge, de toute couleur, de toute apparence.

« Paris, c'est le carrefour du monde, avait-elle murmuré. Cela fait un peu peur, parfois...

– Oui, on y trouve de tout, mais quand on y vit on n'y fait même plus attention, vous savez! »

Ils avaient lentement descendu vers la place de la Concorde, s'étaient arrêtés un moment près du jardin des Tuileries, puis avaient remonté vers l'Etoile. Dans la pénombre propice des arbres de la contre-allée, Gérard avait posé une main sur l'épaule de Johanna, s'était brusquement penché et l'avait embrassée à pleine bouche, sans mot dire.

Ce baiser avait brisé la conversation. Le silence s'était installé entre eux. Gérard avait laissé sa main sur l'épaule de la jeune femme.

« Comment vous appelez-vous? avait-il demandé.

– Johanna.

– Johanna comment?

– Pourquoi me demandez-vous cela? Cela n'a aucun intérêt...

– J'aimerais savoir votre nom!

– Helmster, avait-elle dit après une longue hésitation. Et vous, vous ne m'avez rien dit... »

Gérard se rendait tout à coup compte que, en effet, il n'avait rien dit de lui, il n'avait fait que plaisanter, et surtout écouter parler Johanna sans se lasser, avec une sorte de ravissement incompréhensible.

Il s'était planté devant elle et avait récité d'un air comique :

« Gérard Villa, vingt-deux ans – (c'était idiot de mentir sur son âge, mais cela avait été plus fort que lui), 1,78 m, 70 kilos...

– Cela n'est pas important, avait-elle coupé. Que faites-vous, où vivez-vous, qui êtes-vous? C'est cela qui compte...

– Ce que je fais : employé de banque. Je vis en banlieue, seul avec mon père, car j'ai perdu ma mère il y a six ans...

– Mais vous avez des amis?

– Non. Enfin, quelques-uns... Surtout un bon copain!

– Et vous ne connaissez pas de jeunes filles? »

Il avait eu une brève pensée pour Ghislaine.

« Si, bien sûr, j'ai des copines. Il y en a des sympa... Mais la plupart sont gourdes!

– Comment?

– Bêtes, sottes, superficielles... gourdes, quoi!

– Ah!... »

Ils avaient mis un temps infini pour remonter place de l'Etoile. Il était très tard. Les passants s'étaient faits rares. Gérard avait passé son bras sur les épaules de Johanna et l'arrêtait à chaque instant pour l'embrasser. Elle avait depuis longtemps cessé de parler.

Devant la porte de l'hôtel, elle avait repoussé le bras de Gérard.

« J'habite ici. Maintenant, il est tard, il faut nous quitter. Je travaille demain. Nous nous reverrons demain soir, comme ce soir, si vous voulez...

– Non, Johanna, ne me quittez pas. Laissez-moi rester avec vous!

– Mais on ne va pas se promener toute la nuit...

– Laissez-moi rester avec vous, rester jusqu'à demain...

– Mais j'aime mon mari! » avait-elle jeté.

Il avait insisté, l'avait embrassée de nouveau, plus passionnément, inconscient de son extrême audace. Il ne savait ce qui le poussait à se montrer aussi entreprenant. Jamais encore cela ne lui était arrivé. Il pensait confusément qu'il avait une attitude de garnement, de voyou, et qu'il risquait une paire de gifles. Il avait également songé que l'heure s'avançait et qu'il risquait de rater le dernier train pour rentrer chez lui, mais avait chassé aussitôt l'idée de rentrer. Rien n'avait plus d'importance pour lui que de rester près de cette femme.

Elle avait brusquement cédé à ses prières. Si brusquement qu'en son for intérieur il en avait été stupéfait. Dans l'hôtel, derrière un comptoir, le veilleur de nuit somnolait. Johanna avait décroché calmement la clé de sa chambre, une chambre confortable, intime, luxueuse, au premier étage. Tandis que Johanna faisait sa toilette pour la nuit, il était resté assis sur le bord du lit, vaguement décontenancé, songeant qu'il n'avait ni rasoir, ni brosse à dents.

Elle était revenue vêtue d'une robe de chambre en tissu-éponge et il lui avait succédé dans la salle de bain. Il avait posé sa montre sur la tablette de marbre du lavabo. Il était près de deux heures du matin.

II

Lorsqu'ils sortirent de l'hôtel, ils plongèrent dans le bruit et la chaleur de la rue. L'été s'annonçait précoce. Le ciel était d'un bleu tendre et uni, sans un nuage. Johanna marchait vite, craignant d'être en retard à la conférence d'affaires à laquelle elle devait participer.

« Quel dommage de travailler par une belle journée comme celle-ci! dit Gérard.

– Mais c'est pour cela que je suis venue à Paris », répondit-elle.

Il eut un petit choc à l'estomac. Il avait oublié qu'elle devait repartir pour l'Allemagne dès le lendemain, au début de l'après-midi.

« Qu'est-ce que je vais faire sans toi toute la journée? » dit-il.

Elle le regarda en souriant.

« Tu pourrais rentrer chez toi, peut-être. On doit t'attendre. »

Gérard haussa les épaules. Il dirait à son

père qu'il était resté chez Jean-Claude, qui habitait dans le quartier de la Bastille. Son père ne dirait rien; il ne disait jamais rien depuis quelque temps, il avait l'air de se désintéresser de lui.

« Personne ne m'attend, répondit-il. Mais toi, tu m'attendras, ce soir?

– Je ne sais pas, dit-elle. Peut-être je serai invitée à dîner. Mais je ferai le nécessaire pour avoir la soirée libre. »

La pensée de la savoir dînant en compagnie d'hommes lui fit mal.

« Ecoute, dit-il, si ce n'est pas trop te demander et si cela est possible, je connais un bon petit restaurant. Je t'invite à dîner. Tu veux bien?

– Je ne peux pas promettre. Je ne sais pas.

– Je t'en prie! »

Elle le fixa, surprise de son ton suppliant et de l'expression presque hagarde qui venait de passer dans ses yeux.

« J'essaierai. Je ferai de mon mieux.

– Je te remercie, Johanna. Je t'attendrai devant l'hôtel, à sept heures, si tu veux!

– C'est trop tôt, je pense!

– Cela ne fait rien, j'attendrai... »

Elle dévisagea Gérard silencieusement. Ses cheveux bruns et bouclés avaient été peignés à la hâte et formaient sur son front une houppe comique. La barbe bleuissait son menton et une ombre de moustache se dessinait déjà sur sa lèvre. Elle hocha la tête.

« Je viendrai, dit-elle.

– C'est sûr? insista-t-il.

– Je promets. Maintenant, il faut me quitter!

– Tu ne veux pas que je t'accompagne?

– Non, je t'en prie. A ce soir! dit-elle en lui tendant la main.

– Tu ne m'embrasses pas?

– Non, pas ici. Ce n'est pas correct... Allons, au revoir!

– A ce soir, Johanna... Sept heures, devant l'hôtel! »

Elle fit un signe d'acquiescement et s'éloigna. Il la regarda remonter les Champs-Elysées. Elle ne lui avait pas dit où elle devait passer la journée. L'envie le prit de la suivre, par curiosité et pour conserver encore l'image de sa silhouette menue. Il y renonça de crainte qu'elle ne s'en aperçût et qu'elle n'en fût choquée et revînt sur sa décision de le revoir le soir.

Quelques secondes plus tard, elle avait disparu parmi la foule qui déjà peuplait les trottoirs des Champs-Elysées.

Gérard se demanda un instant s'il n'allait pas rester à Paris toute la journée. Il lui suffirait d'aller se faire raser chez un coiffeur et, bien qu'il n'eût pas beaucoup d'argent sur lui, il en avait suffisamment pour se nourrir à midi et payer deux bons repas le soir. Il renonça à son idée, pensant qu'il avait peu dormi et qu'il était préférable de se reposer à la maison tout l'après-midi. Enfin, il devait changer de vêtements.

Il descendit en flânant vers le carrefour Clemenceau. Il était à peine neuf heures, mais le soleil brillait déjà haut dans le ciel. A la Station Champs-Elysées – Clemenceau, il faisait si bon, l'air était si doux sous les frondaisons, qu'il renonça à prendre le métro et gagna le Grand Palais, puis le quai de la Seine jusqu'à la Concorde. La lassitude qu'il avait brutalement ressentie après que Johanna l'eut quitté se dissipait à chaque pas. Il avait envie de marcher dans Paris en ressassant toutes les images de la soirée et de la nuit qui lui revenaient pêle-mêle à la mémoire.

Il musarda devant le jardin des Tuileries, s'arrêta à l'endroit même où il était venu avec Johanna, puis suivit lentement la rue de Rivoli. Des grappes de touristes s'agglutinaient de loin en loin devant les boutiques, sous les arcades. Dans la rue, des files de voitures le croisaient à toute allure, montant à grand bruit vers la place de la Concorde.

A la Bastille, la pensée de Jean-Claude l'effleura. Celui-ci habitait dans le faubourg Saint-Antoine, et il songea un instant à aller le surprendre chez lui. Mais il rejeta vite cette idée pour continuer à remuer ses récents souvenirs, pour rester plongé dans cette espèce de béatitude inconnue qui l'avait envahi, pour ne pas partager le secret de sa rencontre et attendre seul, tout seul, les autres joies que lui réserveraient la soirée et la nuit à venir.

A la gare de Lyon, il rata son train de quelques minutes. Pour tuer la demi-heure d'attente, il alla boire un café au buffet. Il se rappela que, pour avoir trop longtemps tardé au lit, il avait empêché Johanna de déjeuner. Il n'avait pas faim. Le café était fort et brûlant. Il le dégusta avec gourmandise en fumant une cigarette.

Il continua de fumer dans le train en regardant sans le voir le paysage familier qu'il traversait chaque jour, matin et soir. Quand il arriva devant l'immeuble de Montgeron où il habitait, midi approchait.

L'appartement était vide. Sur un guéridon du salon, près du téléphone, était posée, bien en évidence, une feuille de papier. Il arrivait parfois que Gérard et son père correspondent de cette manière lorsqu'ils n'avaient pu se joindre par téléphone.

Gérard déplia la feuille de papier et lut d'un coup d'œil :

Tu aurais pu me téléphoner pour m'avertir que tu ne rentrais pas. Je t'ai attendu

tard pour te dire que je dois m'absenter pendant tout le week-end. Il y a de quoi manger dans le réfrigérateur.
A lundi.

Papa.

Gérard soupira d'aise. Cette absence tombait à pic. Son père n'était pourtant pas curieux de ses faits et gestes, il ne lui posait jamais de questions et Gérard savait qu'il n'aurait pas eu besoin de justifier son retour à cette heure de la journée. Mais il avait envie d'être seul, de se taire, de ne rien entendre, de rêver encore à la soirée de la veille et à cette soirée qui approchait.

Il trouvait parfois pesant le silence de cet appartement vide où Louis Villa et lui se retrouvaient le soir quelques jours par semaine pour expédier un repas en commun. Louis Villa, en effet, rentrait tard de son bureau et passait souvent ses soirées dehors, à ses cercles de bridge ou d'échecs. Depuis quelque temps, d'ailleurs, il s'absentait de plus en plus souvent, et de façon régulière. Gérard pensait que son père devait avoir une femme dans sa vie. A quarante-cinq ans et veuf depuis plus de six ans, il était normal qu'il songeât à se remarier. Mais il n'avait jamais fait une quelconque allusion à ce sujet et Gérard s'était toujours bien gardé de lui poser la moindre question.

Il accrocha son blouson de daim au dossier d'une chaise, ouvrit toute grande sur l'espace vert qui s'étendait derrière l'immeuble la fenêtre de la cuisine et plongea dans le réfrigérateur. Il déjeuna rapidement de quelques tomates à la croque au sel, de deux œufs durs, de pommes et d'un verre de bière, puis passa dans sa chambre, où il se coucha tout habillé.

Bien qu'il fût fatigué, le sommeil tardait à venir. Il revoyait l'éclat du regard noisette de Johanna, entendait son rire, retrouvait son accent, ses fautes de français. Il se dit qu'il aurait dû passer voir Jean-Claude pour le prévenir qu'il ne viendrait pas ce soir au rendez-vous qu'ils avaient avec Ghislaine. Car il ne pouvait pas lui téléphoner maintenant. Mais pourquoi Jean-Claude insistait-il tant pour qu'ils sortent avec Ghislaine? Il savait bien que le flirt des dernières grandes vacances avec elle n'était qu'un vieux souvenir et qu'elle n'était qu'une bonne copine, sans plus. Alors?

L'idée d'un flirt entre Jean-Claude et Ghislaine l'effleura.

« Tiens, se dit-il, je n'y avais jamais pensé! »

Il se mit à rire bruyamment.

« Non, c'est idiot. Jean-Claude me l'aurait dit... »

Car Jean-Claude lui confiait tout. C'était

un garçon franc comme l'or et tout d'une pièce, petit, nerveux, dynamique, increvable. Pas beau, mais sympa au possible, et d'un culot surprenant avec les filles qu'il amusait et intéressait par son bagout, son astuce et son esprit de repartie. Ils avaient le même âge, les mêmes goûts pour la musique swing des années 30, pour le football, la natation et les balades à pied dans les rues de Paris.

Jean-Claude travaillait dans une autre succursale de la banque, mais ils se voyaient presque tous les jours et prenaient quelquefois ensemble leur repas de midi. Il faudrait qu'il vienne passer quelques jours à Binic...

Binic! C'était là que Gérard avait connu Ghislaine, aux vacances, trois ans auparavant. Elle avait alors dans les quinze ans. C'était une gamine osseuse et maigrelette, au caractère difficile, qui l'agaçait avec ses caprices d'enfant trop gâtée. Les Laubert habitaient avec leurs deux enfants, dont Ghislaine était la cadette, une grande maison voisine de l'appartement qu'avait loué Louis Villa tout près du port. Ils avaient fait connaissance sur la plage le plus naturellement du monde, et Louis Villa avait sympathisé avec M. Laubert, comme lui passionné d'échecs. Gérard avait fait de même avec Paul, le frère de Ghislaine, un beau garçon de dix-sept ans ouvert et réfléchi qui venait alors de passer brillamment son bachot et voulait devenir ingénieur.

Les Villa étaient revenus à Binic deux ans plus tard et y avaient retrouvé les parents Laubert, seuls : Paul était parti en vacances en Allemagne pour perfectionner son allemand et Ghislaine ne devait arriver que quelques jours plus tard de chez sa grand-mère. Lorsque M. Laubert lui avait annoncé ces nouvelles, Gérard avait vivement exprimé sa déception de l'absence de Paul. Celle de Ghislaine le laissait indifférent. Il avait, en effet, gardé de Ghislaine le souvenir d'une fillette désagréable, plutôt « collante », dont Paul et lui se seraient bien passés lorsqu'ils allaient traîner sur le port pour lorgner les quelques filles qui se promenaient le long de la jetée.

Ghislaine était arrivée trois ou quatre jours plus tard. Tout d'abord, Gérard ne l'avait pas reconnue. En deux ans, la fillette maigrichonne s'était transformée en une jeune fille aux formes déjà pleines. La queue de cheval avait disparu pour faire place à une longue chevelure brune tombant sur les épaules. C'était vraiment un beau brin de fille, comme avait dit Louis Villa à M. Laubert.

« Toi, tu as à peine changé », avait-elle dit à Gérard en éclatant de rire alors que celui-ci ne pouvait cacher sa surprise.

Les vacances avaient été courtes et heureuses. Gérard n'avait aucun souci. Il avait passé son bac honorablement, sans plus, et avait déjà décidé de ne pas poursuivre ses études. Louis Villa avait obtenu d'un de ses clients un emploi à l'essai pour son fils dans une banque dès le début de septembre. Ghislaine, elle, faisait comme son frère d'excellentes études et devait passer en terminale à la rentrée scolaire.

Gérard avait vite oublié l'absence de Paul. Ghislaine et lui ne s'étaient pas quittés de tout le mois. Celui-ci avait glissé rapidement, malgré les trois ou quatre soirées qu'ils avaient été contraints de passer chez les Laubert et le dîner au restaurant que M. Villa avait offert à tous. Ils se trouvaient tôt le matin sur la plage et se quittaient tard le soir. Ghislaine était gaie, bavarde, décontractée; elle avait parfois des allures un peu garçonnières et lui avait dit que le flirt ne présentait guère d'intérêt. Elle se laissait cependant embrasser par Gérard sans aucune réticence, en bonne copine qui veut faire plaisir. Mais lorsque Gérard avait voulu aller plus loin, elle avait paru surprise et mécontente, et avait lancé : « On ne va quand même pas faire les imbéciles, tous les deux! » Vexé, Gérard n'avait pas insisté.

Les vacances n'en avaient pas été gâchées pour autant, et ils avaient poursuivi jusqu'au dernier jour ce flirt innocent qui n'était, pour eux, que l'expression d'une véritable sympathie.

Gérard se réveilla à cinq heures moins le quart, devançant la sonnerie du réveil, qu'il avait remonté pour cinq heures. Après une bonne douche tiède, il ouvrit son transistor pour se raser et s'habiller en musique. Lui qui ne chantait presque jamais, il se prit à fredonner *Bimbo,* un air sans paroles que la radio passait sans cesse depuis quelque temps.

Rasé de frais et vêtu d'un costume (il avait jugé bon de délaisser le blouson, sa tenue favorite), il gagna la gare. Bien qu'il fût largement en avance, il marchait d'un bon pas. Jamais encore il ne s'était senti aussi léger, aussi sûr de lui.

Dans le train, il eut une brusque inquiétude : si Johanna ne pouvait pas venir, si elle était retenue à dîner par un de ces messieurs avec lesquels elle avait travaillé toute la journée!... Mais non, elle aurait déjà déjeuné avec eux le midi, elle n'avait aucune raison de le faire le soir. Et puis, elle avait promis de venir. Enfin, même si elle ne venait pas pour sept heures, il attendrait devant l'hôtel le temps qu'il faudrait, une heure, deux heures, trois heures, et même plus. Toute la nuit, s'il le fallait! Elle avait promis de le revoir, elle le reverrait! Il resterait là, devant l'hôtel, il ne bougerait pas. Il fallait qu'il revoie Johanna ce soir. Il ne verrait personne d'autre, comme il n'avait vu personne de la journée, ni son père, ni Jean-Claude, ni Ghislaine. Personne!

Jean-Claude et Ghislaine pourraient bien l'attendre, il ne viendrait pas ce soir. S'il avait prévenu Jean-Claude, celui-ci lui aurait demandé des explications, et des explications il ne voulait pas en donner, il était libre de faire ce que bon lui semblait. Des explications, il lui en donnerait plus tard, il dirait n'importe quoi, qu'il était parti passer le week-end avec son père, par exemple. Cela étonnerait Jean-Claude, mais tant pis!... Ou peut-être bien, tout de même, qu'il lui confierait qu'il avait rencontré une femme et qu'il avait passé deux nuits avec elle.

Quant à Ghislaine, il n'avait aucune raison de lui rendre des comptes. Ce soir, il ne lui planterait pas deux baisers rituels sur chaque joue, voilà tout. D'ailleurs, ils n'avaient aucun projet précis. Ils avaient simplement envisagé d'aller au cinéma. C'était stupide d'aller au cinéma par une belle soirée de juin comme celle-ci. Mais que faire d'autre avec Jean-Claude et Ghislaine?

« Bah! Ils iront au ciné sans moi, se dit-il. L'essentiel est qu'ils aillent sur les

Boulevards, comme d'habitude, et qu'ils ne viennent pas vers les Champs-Elysées. S'ils me rencontraient avec Johanna, quelle tête ils feraient! »

Mais non, Paris est grand, Johanna et lui ne rencontreraient personne de connaissance. D'ailleurs, cela n'avait aucune importance... Un garçon de dix-neuf ans pouvait bien sortir avec une femme de trente-cinq ans. Et Johanna était loin de paraître son âge. Il lui avait d'abord donné dans les vingt-six, vingt-huit ans. Et lui-même en paraissait vingt-deux ou vingt-trois. Johanna n'avait pas semblé le moins du monde surprise lorsqu'il le lui avait dit...

Le voyage lui parut court. A la gare de Lyon, le hall était plein de la foule des départs en week-end. Il louvoya parmi les gens et les bagages, et s'engouffra dans le métro pour prendre la direction de l'Etoile.

III

GHISLAINE était arrivée place de la République un peu avant sept heures et demie, l'heure de son rendez-vous avec Gérard et Jean-Claude.

« C'est toujours ceux qui sont les plus éloignés qui arrivent les premiers! » se dit-elle.

Pour ne pas rester plantée trop longtemps sur le trottoir, elle décida de faire lentement le tour de la place. Cela lui prendrait bien dix minutes et, en revenant, elle trouverait les deux garçons impatients. Jean-Claude lui reprocherait de les avoir fait « poireauter » depuis plus d'un quart d'heure, et Gérard dirait : « C'est vrai! » en indiquant sa montre. Elle leur rétorquerait, comme d'habitude, qu'ils n'avaient qu'à entrer en face boire un pot en l'attendant. Ensuite, ils discuteraient un moment, plantés là, sur le point de savoir quel film ils iraient voir. Les garçons avaient rarement les idées bien arrêtées à ce sujet et c'était le plus souvent elle qui emportait la décision. Jean-Claude était toujours d'accord. Gérard, lui, résistait quelquefois. Elle sentait que c'était uniquement pour le principe, pour ne pas donner l'impression de céder. Alors, elle insistait de toutes ses forces, faisait valoir les avantages du film qu'elle avait choisi et finissait par dire aux garçons en haussant les épaules.

« Maintenant, faites ce que vous voulez. Au fond, je m'en fiche! »

C'était un peu vrai. Non pas qu'elle aimât voir des « navets », mais elle admettait tout de même – sans y trouver toutefois un bien grand plaisir – les westerns spaghetti qu'affectionnaient Gérard et Jean-Claude et les préférait, à tout prendre, aux histoires à dormir debout qui mettaient en scène des obsédés du sexe et de la violence et qui lui donnaient toujours une impression de malaise. Les garçons n'y tenaient pas spécialement non plus, d'ailleurs.

Ce soir, ils seraient contents, elle avait fixé son choix sur un western italien qu'on disait original. Même si Gérard et Jean-Claude l'avaient déjà vu, ils se laisseraient faire. Quant à elle, cela la délasserait avant les épreuves du bac qu'elle devait passer dans la semaine.

Quand elle jeta un coup d'œil autour d'elle pour voir si les garçons arrivaient, elle aperçut à quelques mètres un homme immobile qui la regardait fixement. Elle détourna la tête et se plongea dans la contemplation d'une vitrine. Dans la glace, elle vit l'homme s'approcher. Son cœur se mit à battre plus vite. Elle jeta un regard rapide sur sa montre : sept heures et demie. Les garçons ne devaient pas être loin, ils étaient à l'heure, habituellement. Elle décida de rester. L'homme s'arrêta près d'elle.

« Alors, ma jolie, dit-il, on attend quelqu'un... »

Elle le toisa d'un œil courroucé, lui tourna le dos et traversa la rue. Il lui emboîta le pas et la rejoignit sur le trottoir.

« Tu ne veux pas qu'on fasse une petite promenade tous les deux? »

Elle lui fit face. Il était petit, le teint blanc, le cheveu clairsemé, avec une épaisse moustache rousse qui rendait ridicule sa tentative de sourire.

« Fichez-moi la paix, ou j'appelle! » jeta-t-elle d'une voix forte.

Quelques passants se retournèrent. L'homme la fixa d'un air surpris. Ghislaine gagna la place à pas pressés. Un peu plus loin, elle regarda discrètement derrière elle. L'homme avait disparu. Soulagée, elle poursuivit plus lentement son chemin.

Il était près de huit heures moins le quart

quand elle revint à leur point de rendez-vous. Elle aperçut de loin la silhouette courtaude de Jean-Claude qui faisait les cent pas, les mains plongées dans les poches de son blouson.

« Alors? » lui lança-t-il l'air grognon.

Elle lui tendit ses joues, qu'il effleura des lèvres l'une après l'autre.

« Alors quoi? fit Ghislaine.

– Tu ne changeras pas, tu es toujours à la bourre. Voilà plus de dix minutes que je poireaute! »

Ghislaine répondit le plus calmement qu'elle put.

« Tu te fiches de moi, dis donc... J'étais ici avant toi!

– Pas possible!

– Oui, mon vieux, j'étais là à sept heures vingt, et c'est moi qui ai poireauté, comme tu dis. Cela m'a même valu de me faire draguer par un type! »

Jean-Claude la fixait, l'œil rond.

« C'est pas vrai, murmura-t-il. Et...

– Si, c'est vrai! coupa-t-elle, amusée de son étonnement. Tu vois, j'aurais pu aller au cinéma sans vous... »

Jean-Claude émit un grognement désapprobateur.

« Allons, dit Ghislaine, conciliante, n'en parlons plus! Il n'est pas encore huit heures, nous avons encore du temps devant nous, le cinéma n'est pas loin, nous serons facilement à l'heure... à condition que Gérard ne tarde pas. Comment se fait-il que vous ne soyez pas venus ensemble?

– Je ne sais pas, fit Jean-Claude. Il n'est pas passé me prendre chez moi ce soir. Il ne passe pas toujours, tu sais. S'il ne vient pas, on se retrouve au rendez-vous fixé. Je l'ai bien un peu attendu et j'ai raté un métro, c'est ce qui m'a mis à la bourre... »

Elle sourit. Jean-Claude était un garçon vraiment sympa. Pas beau, certes, avec ses yeux à fleur de tête, ses cheveux mal plantés, son cou épais, ses mains courtaudes. Mais elle aimait bien ses traits mobiles, son visage expressif, sa vivacité d'esprit, sa franchise souvent brutale. Elle s'était parfois demandé ce qui pouvait ainsi le rapprocher de Gérard, alors que tous deux étaient si différents.

« Huit heures passées! fit Jean-Claude. On ne va pas rester ici sur le trottoir. Si on allait boire un pot au bistrot d'en face. On se mettra sur la terrasse. On le verra bien arriver...

– Si tu veux! » dit Ghislaine.

Ils s'attablèrent tout contre la vitre. Le boulevard s'étendait sous leurs yeux avec son mouvement du samedi soir, sa population de flâneurs désœuvrés, et toujours ses voitures pressées qui s'agglutinaient et piaffaient aux feux rouges dans de grands ronflements de moteur.

Jean-Claude commanda deux cafés. Ghislaine remarqua son air préoccupé.

« Qu'est-ce que tu as? demanda-t-elle.

– Moi? Rien...

– Mais si, tu as l'air tout drôle!

– Eh bien, je ne comprends pas, pour Gérard. Il n'est jamais en retard, et voilà plus de trois quarts d'heure qu'il devrait être là. Pourtant, nous avons déjeuné ensemble hier à midi et il m'a dit : « A demain, République, sept heures et demie! » S'il y avait eu quelque chose de changé, il m'aurait prévenu... »

Ghislaine ne dit mot. Ils burent en silence. Trois Arabes vinrent s'asseoir à une table près d'eux, commandèrent des cafés et échangèrent des cigarettes.

« Et toi, fit soudain Jean-Claude, il aurait pu te prévenir. Tu as le téléphone, et il connaît tes parents...

– Il ne m'a jamais téléphoné, dit Ghislaine.

– Jamais?

– Non, jamais! Et je ne sais même pas s'il connaît mon numéro...

– C'est pas vrai! s'exclama Jean-Claude. Alors tu connais Gérard depuis trois ans, depuis septembre de l'année dernière nous nous connaissons tous les trois, nous sortons ensemble régulièrement et il ne sait pas ton numéro de téléphone! Tu te fous de moi ou quoi?

– Il ne me l'a jamais demandé, je ne le lui ai jamais donné, répondit Ghislaine. Peut-être bien qu'il le connaît tout de même, car mon père a le numéro de M. Villa. M. Villa doit aussi avoir notre numéro. Et puis, il y a toujours la possibilité de l'annuaire... »

Jean-Claude resta songeur un bon moment, les yeux à demi-fermés.

« Ça ne fait rien, fit-il, je ne comprends pas Gérard. C'est un chic type, solide et sûr, mais il est tout de même bizarre parfois, tu l'avoueras. Voici près de dix mois que je suis son copain, on se voit presque tous les jours, et je ne le connais pas encore. Il y a des moments où il m'échappe complètement... »

Il réfléchit profondément, puis dit à mi-voix :

« Tu ne crois pas qu'il doit avoir des problèmes avec son père?

– Avec son père? Mais tu es fou! rétorqua Ghislaine. Je connais M. Villa. C'est un type vachement bien... C'est peut-être Gérard qui a un caractère difficile... Tu en sais quelque chose, non? »

Jean-Claude scruta Ghislaine d'un œil inquisiteur.

« Dis donc, Ghislaine, tu as quelque chose contre lui?

– Moi? Mais non... Pourquoi me demandes-tu ça?

– Eh bien, tu dis que Gérard a mauvais caractère... Je croyais pourtant que tu l'aimais bien... Pas vrai?

– On peut apprécier quelqu'un malgré son mauvais caractère, dit Ghislaine en plongeant le nez dans son verre.

– Dis-moi, répéta Jean-Claude, toi qui le connais bien, toi qui le connais depuis plus longtemps que moi, tu n'as pas l'impression que... comment dire... qu'il est bizarre parfois?

– Décidément, c'est une idée fixe chez toi, dit Ghislaine. Je pourrais te poser la même question, tu sais... Je n'en sais pas plus que toi. »

Jean-Claude paraissait noyé dans un abîme de perplexité.

« Mais enfin, dit-il, hésitant, il y a bien eu un petit quelque chose entre vous deux l'année dernière, non?

– Gérard te l'a dit? reprit Ghislaine vivement.

– Oh! non, tu sais. Il y a fait allusion une seule fois, sans plus, et il semblait ne pas y attacher d'importance.

– Ah! »

Ghislaine affecta de regarder la rue pour fuir le regard de Jean-Claude. Les souvenirs des journées de vacances passées en Bretagne avec Gérard lui revenaient brusquement à la mémoire. Bientôt un an, déjà! Elle les croyait usés, insignifiants, et voici que ce soir l'absence de Gérard et les propos de Jean-Claude les ravivaient avec acuité. Elle se sentit tout à coup d'humeur méchante.

« Huit heures et demie, lança-t-elle agressive. Il se fiche de nous!

– C'est pas normal, c'est pas normal! répétait Jean-Claude en hochant la tête. Je me demande...

– Il n'y a rien à se demander, trancha Ghislaine. Il ne viendra pas, c'est tout!

– Alors?

– Alors quoi?...

– Alors, qu'est-ce qu'on fait tous les deux... On va au ciné quand même? »

Ghislaine jeta sur Jean-Claude un regard courroucé. Sa colère fondit devant son expression désemparée et elle donna une tape amicale sur la main du garçon.

« Non, fit-elle, je préfère rentrer. J'ai mon bac cette semaine et, tout compte fait, c'est mieux ainsi. Cela me permettra de bosser un peu... »

Jean-Claude dut sentir la déception dans le ton de ses paroles. Il n'insista pas.

« Veux-tu que j'aille te reconduire chez toi? demanda-t-il.

– Je veux bien. Mais toi, qu'est-ce que tu comptes faire, après?

– Qu'est-ce que tu veux que je fasse? La soirée est foutue, c'est tout. Mais je sais bien ce que je vais dire à Gérard lundi! »

Ils prirent le métro jusqu'à la place de Clichy. Ghislaine habitait un quartier du XVIIIe Arrondissement à proximité de la Butte Montmartre. Au cours du trajet, Jean-Claude essaya de meubler la conversation, évoqua le bac de Ghislaine. Celle-ci lui demanda d'un ton rogue d'éviter ce sujet, car elle y pensait suffisamment depuis quelque temps. Il se rabattit sur les prochaines vacances.

« Tu pars au début juillet, comme d'habitude?

– Oui, dit Ghislaine, si tout se passe bien cette semaine...

– Je suis sûr que ça ira. Alors on se reverra à Binic, Gérard m'a invité à y aller pendant une dizaine de jours.

– On peut se revoir avant, tu sais. Samedi prochain, par exemple. Pour me remettre des émotions de l'examen. Tu pourras le demander à Gérard?

– Moi, je suis d'accord, fit Jean-Claude. J'espère que Gérard le sera aussi et qu'il ne nous refera pas le coup de ce soir! »

Arrivés près de chez Ghislaine, Jean-Claude l'embrassa affectueusement.

« Allez, salut, ma vieille! Et pour ton

exam, je ne te dis pas bonne chance, tu m'as compris... »

Ghislaine sourit.

« Merci! Alors, à samedi, même endroit, même heure! Si quelque chose ne colle pas, téléphone-moi à la maison, et si je n'y suis pas, laisse la commission à ma mère. »

Elle fit un signe amical de la main à Jean-Claude et entra.

« Tiens, dit Mme Laubert alors que Ghislaine sortait du vestibule, tu rentres déjà?

– Oui, répondit Ghislaine, j'ai à travailler. Bonsoir! »

Mme Laubert ne fit pas de commentaire. Elle connaissait trop sa fille pour l'accabler de questions sur son humeur du moment. Si Ghislaine, le plus souvent rieuse et expansive, avait ce visage fermé, il était inutile de l'ennuyer. Elle susciterait plus tard les confidences. D'ailleurs, cette nervosité de Ghislaine était sans doute due à la proximité du bac. Après, tout irait mieux, car Ghislaine était une excellente élève et elle pensait que l'examen ne serait vraisemblablement pour elle qu'une simple formalité.

Ghislaine s'enferma dans sa chambre, ôta ses souliers, sa jupe et son corsage et s'allongea sur son lit en slip et soutien-gorge. La colère contre Gérard la gagna peu à peu.

« Il se fiche pas mal de moi! dit-elle à haute voix. Il me prend pour qui? Et qu'est-ce que c'est que ces manières de ne pas prévenir? Je n'attendrai pas que Jean-Claude le lui dise, je vais lui téléphoner demain, ou maintenant. Oui, pourquoi pas maintenant? »

Elle se rhabilla, retourna discrètement dans le vestibule où se trouvait un appareil et fit le numéro des Villa, qu'elle connaissait par cœur bien qu'elle ne l'eût jamais demandé. La sonnerie retentit longuement. En vain.

« Il n'est pas chez lui », se dit-elle sottement.

Elle ne cherchait pas d'explication, ne se demandait pas où était Gérard. Son absence lui causait une sensation étrange. Elle désirait les voir tous les deux ce soir, cela lui aurait donné le moral pour affronter l'examen, et voici que Gérard lui faisait faux bond. Elle y voyait comme un mauvais présage.

Elle rentra dans sa chambre, ouvrit la radio et alluma une cigarette. Elle fumait peu (quelquefois après les repas) et jamais le soir, mais elle avait besoin de se calmer les nerfs. Elle prit un livre au hasard sur l'étagère à la tête de son lit et tenta de s'occuper l'esprit. Elle trouva débiles les chansons que déversait la radio et curieusement insipides les lignes de Camus, pour lequel elle nourrissait cependant une profonde admiration.

Elle ferma l'un et l'autre et s'étendit, les mains sous la nuque. Cette inquiétude, ce malaise qui l'avaient envahie la laissaient perplexe. Elle sortait trois ou quatre soirées par mois avec Gérard et Jean-Claude, et une soirée de plus ou de moins n'avait pas grande importance. Qu'avait-elle donc?

« Ce doit être le bac! se dit-elle. Ça va passer. Il faut que je dorme. »

Elle se dévêtit, fit une rapide toilette et se coucha. Les yeux ouverts dans l'ombre, elle tenta de se changer les idées en se concentrant sur un théorème qu'elle avait revisé récemment. Mais l'image de Gérard revenait troubler à chaque instant sa réflexion. Sa déception de tout à l'heure et sa colère faisaient peu à peu place à l'amertume.

« Un copain... Drôle de copain qui vous lâche sans même avoir la politesse de vous prévenir! Ce n'est pourtant pas son genre. Il a dû arriver quelque chose. Mais quoi?... Enfin, pourquoi me mettre martel en tête pour si peu de chose. C'est ridicule, ridicule. Ghislaine, ma vieille, qu'est-ce qui te prend? »

Il lui arrivait souvent de penser à Gérard depuis l'été dernier. Après une séparation de plus d'un mois due à la fièvre de la rentrée scolaire, elle lui avait écrit dans le courant d'octobre pour avoir de ses nouvelles.

Il paraissait satisfait de son sort, son travail l'intéressait et il avait fait la connaissance d'un type sympathique avec lequel il sortait désormais le dimanche.

« Si tu veux venir avec nous de temps en temps, lui avait-il dit, tu peux. Jean-Claude est marrant, tu verras, et ça nous changera un peu.

– Merci, avait-elle répondu. Si je comprends bien, tu m'invites pour faire nombre!

– Pas du tout. Et tu fais ce que tu veux. Si tu ne viens pas, Jean-Claude trouvera bien une ou deux copines pour sortir! »

La réponse l'avait vexée. Ainsi, elle ou une autre, pour Gérard c'était pareil. Cependant, elle y était allée, elle avait envie de revoir Gérard. Jean-Claude avait raison : c'était un garçon un peu bizarre, déroutant, qui passait brusquement, sans raison, de la gaieté à un mutisme songeur, mais elle aimait bien sa compagnie, et même ses sautes d'humeur. Elle sentait qu'il y avait en lui, sous cette réserve naturelle qui le faisait apparaître distant, quelque chose d'autre qu'elle s'était promis de découvrir. Cette idée saugrenue de cesser ses études aussitôt après son bac, par exemple, cela n'avait pas de sens. Elle n'avait jamais osé le lui dire car, à l'époque, tous deux parlaient de futilités, se contentaient du seul plaisir d'être ensemble. Mais elle continuait de se poser sur cette décision toute sorte de questions auxquelles elle ne pouvait apporter de réponse.

Souvent, elle reparcourait, en pensée, le chemin de Binic qu'elle avait presque chaque jour emprunté avec Gérard, ce chemin montueux qui surplombait la mer, où Gérard l'avait embrassée pour la première fois. Près de Gérard, alors, elle se sentait bien. Heureuse comme jamais elle ne l'avait été. Et il lui arrivait de regretter sa pudeur, de reprocher intérieurement à Gérard de ne pas avoir insisté, de se reprocher à elle-même de ne pas lui avoir fait comprendre qu'elle désirait lui céder. Elle y pensait dès qu'elle le voyait, mais elle n'osait pas parce qu'elle craignait qu'il ne la prît pour une fille facile.

Elle en avait assez de cette camaraderie apparente qui la contraignait à une attitude désinvolte alors qu'elle était attentive à toutes ses réflexions, ses attitudes, ses réactions. Heureusement que Jean-Claude était là. Sans ce boute-en-train, où en seraient-ils, tous les deux?

Elle alluma sa lampe de chevet. Dix heures et demie! Jean-Claude devait être rentré chez lui, à présent. Mais Gérard, qui lui avait gâché cette soirée, où pouvait-il bien être?

Elle referma la lumière. Elle se tourna et se retourna longtemps dans son lit avant de pouvoir enfin s'endormir.

IV

QUAND Gérard arriva au débouché de la petite rue où se trouvait l'hôtel, il était à peine sept heures moins le quart. Il se demanda comment tuer ce quart d'heure qui le séparait de Johanna sans rester planté devant la porte et sans trop s'éloigner. Il décida de remonter lentement jusqu'au bout de la rue. Malgré la proximité de l'avenue des Champs-Elysées, celle-ci était calme, presque déserte. Si elle rentrait maintenant, Johanna ne pourrait manquer de l'apercevoir. Parvenu au carrefour suivant, il changea de trottoir et revint sur ses pas, plus lentement encore, persuadé que Johanna ne pouvait arriver que par cet endroit.

Il s'arrêta quelques instants devant l'hôtel pour en contempler la façade. Celle-ci était nette, fraîchement ravalée. Les persiennes étaient fermées sur les fenêtres du premier étage derrière lesquelles il avait passé les heures éblouissantes de la nuit précédente. Puis il reprit le chemin qu'il avait emprunté le matin même avec Johanna vers les Champs-Elysées. Au coin de la rue, il s'arrêta de nouveau et regarda sa montre : sept heures cinq. L'inquiétude l'envahit brutalement que cette soirée – et cette nuit, peut-être –, qu'il comptait passer en compagnie de Johanna, ne lui échappe. La seule idée de ne pas revoir Johanna le laissait désemparé. Il n'imaginait rien pour ce soir, sinon de rester dans cette rue, d'attendre son retour, de lui demander encore un peu de sa présence.

Il alluma une nouvelle cigarette pour calmer sa nervosité. Il était sept heures et quart passées. Un couple de jeunes gens le croisa, l'obligeant à descendre du trottoir. Il eut une brève pensée pour Ghislaine et Jean-Claude qui devaient, peut-être, commencer à l'attendre à l'autre bout de Paris, comme lui attendait ici. Il haussa les épaules. Ghislaine et Jean-Claude se passeraient bien de lui, et ils auraient bien l'occasion de le revoir. Alors que lui ne reverrait peut-être plus jamais Johanna. Elle repartirait demain pour sa lointaine Allemagne, replongerait dans son monde habituel qu'il ne connaissait pas et qu'il ne connaîtrait jamais. Oublierait-elle ces quelques heures qu'elle lui avait données?

Il reconnut de loin sa fine silhouette. Elle ne l'avait pas aperçu et marchait sans se presser, d'un pas souple et allongé, tournant de temps à autre la tête à droite et à gauche, attentive à la vie de la rue, aux gens qui la croisaient, aux boutiques qu'elle longeait.

Une joie violente l'inonda. Immobile, il la regarda venir vers lui. Elle avait dans sa démarche quelque chose de nonchalant, de félin. Quand elle le vit, elle lui fit un petit signe discret de la main, sans sourire. Il se précipita vers elle.

« Je commençais à être inquiet, tu sais! dit-il.

– Mais pourquoi, répondit-elle d'un air surpris, puisque j'avais dit que je viendrais.

– Je voyais l'heure tourner et je craignais...

– Mais je n'avais pas fixé l'heure, reprit-elle. Je ne pouvais pas savoir exactement. Je l'ai dit. Tu ne te souviens pas?

– Non, dit-il. Mais je te crois, puisque tu le dis. D'ailleurs, ton retard n'a aucune importance, tu es là! »

Elle eut son beau rire clair et franc.

« C'est une manière habile de me faire remarquer que je suis en retard...

– Pas du tout! s'exclama-t-il. Ne crois surtout pas cela...

– Je plaisantais, rétorqua-t-elle.

– D'ailleurs, reprit-il après un silence, je crois que je n'étais pas inquiet. J'étais sûr que tu viendrais. Non pas parce que tu me l'avais promis, mais parce que l'idée que tu ne viendrais pas m'était tellement insupportable que ne pas te voir ce soir me paraissait quelque chose d'impossible. Tu vois ce que je veux dire?

– Je comprends, murmura-t-elle.

– Bon, fit-il gaiement. Je n'ai pas oublié que ce matin je t'ai invitée à dîner et que tu n'as pas refusé. Je connais un restaurant pas bien loin d'ici. On y va?...

– Comme tu es pressé! Tu as grande faim? dit-elle en riant.

– Oh! non, je n'ai pas faim du tout. Mais nous serons mieux que dans la rue. »

Elle réfléchit quelques secondes.

« Ecoute, lui dit-elle. Il faut que je passe à l'hôtel pour prendre une douche et changer de vêtements. Attends-moi ici, je n'en ai pas pour très longtemps!

– Tu es avec moi depuis quelques minutes et tu veux déjà me quitter, répondit-il, désolé. Tu ne veux pas que j'aille avec toi?

– Non, Gérard, fit-elle doucement. Ce n'est pas une idée raisonnable...

– Vraiment? insista Gérard.

– Non, reprit-elle plus fermement. Il ne faut pas. Nous avons du temps devant nous. A tout à l'heure. Je vais me presser! »

Il la regarda s'engouffrer dans le hall de l'hôtel. Autour de lui, la rue discrète lui parut déserte. Il descendit vers les Champs-Elysées pour se noyer dans le vacarme de la circulation et le mouvement de la foule.

Il était depuis longtemps revenu devant l'hôtel quand elle sortit. Elle portait une veste vert bouteille sur une robe de jersey d'un vert clair et avait conservé ses chaussures à talon plat.

« Je n'ai pas trop tardé? demanda-t-elle.

– Non!... Enfin, comme une femme, quoi!... Alors, nous y allons, à ce restaurant. Il est déjà plus de huit heures!

– Je me demande pourquoi vous êtes toujours pressés à Paris. Nous pouvons aller tranquillement, regarder la ville autour de nous, observer les gens, admirer les magasins. Tu ne crois pas que ce serait mieux ainsi?

– Peut-être, dit Gérard. Mais la ville, je la connais!

– Tu le crois, mais il est possible que tu te trompes...

– Et les gens, je m'en fiche, poursuivit Gérard. Je voudrais qu'on ne s'occupe de personne jusqu'à demain. Demain, c'est si proche!

– Pourquoi parler de demain? Laisse demain où il est. Il faut d'abord penser à aujourd'hui.

– Bien! dit Gérard. Alors, tu as passé une bonne journée aujourd'hui?

– J'ai travaillé, dit-elle. Beaucoup... Et j'étais fatiguée.

– Tu es fatiguée?

– C'est fatigant, traduire des discussions toute une journée... Mais maintenant, cela va mieux.

– Je préfère ça! »

Elle ne répondit pas. Il respecta son silence. Sur les Champs-Elysées, elle murmura soudain :

« J'aime Paris. Toute ma vie, j'aimerai cette ville! »

Il la regarda en souriant. Elle avait une façon de s'émerveiller et d'exprimer son émerveillement qui le ravissait. On aurait dit une petite fille.

« J'espère que tu en garderas un bon souvenir », dit Gérard. Et, comme elle ne disait rien, il ajouta, craignant de l'avoir choquée : « Le restaurant où nous allons fait toutes sortes de spécialités, nous pourrons nous régaler! »

Elle éclata de rire.

« Pourquoi ris-tu comme cela? demanda Gérard.

– Je ris parce que tu es bien français!

– Et qu'est-ce qu'ils sont pour toi, les

Français? Pour toi qui connais bien la France...

– Pour moi, les Français pensent surtout à deux choses, plaisanta-t-elle. A l'amour quand ils sont jeunes, à la bonne cuisine quand ils commencent à vieillir. Et toi, tu me parles de la bonne cuisine...

– Ah! fit-il décontenancé. Alors, tu ne tiens pas à manger de bonnes choses?

– Mais oui, répondit-elle, amusée de son air dépité. Je suis gourmande, moi aussi! »

Gérard reconnut depuis l'entrée le bar où il était venu deux ou trois fois boire un pot avec Jean-Claude à la sortie du bureau. Le comptoir tenait toute la largeur d'un étroit vestibule et à droite, en contrebas, s'étendait la salle de restaurant. Un plafond bas, des tapisseries rococo, des chaises au siège recouvert d'étoffe à rayures multicolores, des banquettes aux épais coussins également rayés. Et, sur les tables de bois massives, des lampes à pétrole.

Il rejoignit Johanna à l'entrée de la salle.

« Cela te plaît? dit-il.

– Oui. C'est agréable et original! »

Un maître d'hôtel lui demanda quelle table il désirait. Gérard choisit le fond de la pièce, baigné de pénombre, et s'assit face à Johanna.

Le repas – des crudités, une côte de bœuf,

de la salade, du fromage et une tarte, le tout arrosé de chiroubles – fut simple et délicieux. Johanna mangeait de bon appétit. Elle était gaie, détendue. Gérard lui posait toutes sortes de questions, pour le seul plaisir d'écouter le son de sa voix, de percevoir son accent, d'entendre son rire, de voir ses yeux pétiller, de lire sur ses traits mobiles toutes ses impressions.

Au beau milieu du dîner, il lui dit tout à coup :

« Tu m'as dit que tu avais beaucoup voyagé.

– Oui.

– Tu as dû connaître beaucoup de monde...

– Oui!

– Beaucoup d'hommes... »

Une ombre passa sur son front.

« Qu'est-ce que tu veux dire?

– Rien, fit-il en hésitant. Excuse-moi! »

Elle rit doucement.

« Cela n'a pas d'importance! Oui, j'ai connu beaucoup d'hommes, dit-elle, mais pas de la manière que tu penses.

– Je t'ai dit cela parce que je ne connais rien de toi, parce que je voudrais te connaître un peu plus... Connaître ta vie, si tu veux.

– Connaître ma vie! Pourquoi? Elle n'a rien d'extraordinaire. C'est la vie d'une femme comme beaucoup d'autres, de la mère d'un petit garçon, ni plus ni moins.

– Mais encore... Tu m'as dit que tu as beaucoup voyagé...

– C'est vrai. Mais c'était l'époque où je n'étais pas mariée. C'était après mes séjours en Angleterre et en France. Ma vie d'étudiante était finie, j'avais terminé mes examens, passé ma thèse. J'étais traductrice-interprète diplômée. J'ai trouvé un job chez un courtier français de réassurance qui cherchait une assistante. Il ne pouvait se déplacer à cause de sa santé et c'est moi qui devais faire seule tous les voyages, voir les clients, assister aux congrès, à Monte-Carlo et à Baden-Baden tous les ans. Et puis aussi aux Etats-Unis, en Amérique centrale, en Amérique latine, en Afrique, en Turquie, au Portugal, en Italie, en Autriche, en Scandinavie...

– Et toujours seule? fit Gérard avec un demi-sourire.

– Oui, seule... Je connaissais les horaires des avions, les hôtels élégants, les bons restaurants de Caracas, Lima, Santiago, Rio, Buenos Aires, de Dakar, de Conakry, Istanbul, Berlin, Vienne, Hambourg, Londres, Cologne, Oslo. Des nuits entières, il me fallait discuter, écouter, boire, manger, cacher le sommeil. Quelle vie! J'étais contente de rentrer à Paris où, pourtant, sur mon bureau, un tas de dossiers m'attendait. Et je n'avais que vingt-trois ans... »

Johanna s'interrompit, songeuse.

« Tu ne m'écoutes pas? demanda-t-elle.

– Si, je t'écoute. C'est formidable, presque incroyable, dit Gérard. Et tu ne regrettes rien? »

Elle haussa les épaules.

« C'est à ce moment-là que j'ai découvert Paris, dit-elle. (J'habitais un petit appartement à Versailles, mais j'y allais souvent, l'après-midi, avec la Fiat 600 de la Société. Les cinémas, les bouquinistes, Saint-Séverin, la Sainte-Chapelle, le Jeu de Paume...

– Je crois que tu connais Paris mieux que moi! dit Gérard.

– Non, tu exagères... Mais je parle beaucoup, et toi tu ne dis rien!

– Moi, je n'ai pas encore eu ta chance. De l'étranger, je ne connais que Londres, où j'ai passé quelques jours il y a deux ans. Mais j'espère bien voyager... Parce qu'ici, à Paris, je m'emmerde. Les jours se ressemblent tous, à un poil près... »

Johanna le fixait, intriguée.

« Et je vis comme un con! fit-il, amer.

– Pourquoi être si triste d'un moment à l'autre? » dit-elle.

Il hocha la tête.

« Je n'en sais rien. C'est idiot. C'est peut-être parce que nous sommes bien ici tous les deux et parce que j'ai pensé que demain tu ne seras plus là, qu'on ne se reverra plus jamais...

– Encore une fois, pourquoi penser à demain?

– Je ne sais pas, je ne sais pas! »

Il la regardait, l'œil trouble. Il retenait à grand-peine une terrible envie de pleurer. Il ne savait pourquoi. Cela l'avait saisi brutalement. Etait-ce la douceur de ce visage, ces confidences qu'elle lui avait faites sur une partie de sa vie, l'intimité que créait entre eux la pénombre de la salle, la lueur capricieuse de la lampe sur la table, le vague murmure des quelques clients qui dînaient près d'eux?

Jamais encore il ne s'était senti si proche de quelqu'un depuis la mort de sa mère. Johanna était douce, franche, compréhensive, intelligente. Elle s'était confiée à lui. Il avait besoin de parler, de lui parler, de dire sa solitude, son ennui, de raconter le vide de sa vie, ses rêves d'adolescent, ses menues déceptions, d'avouer sa médiocrité, ses études interrompues sans raison valable, par manque d'intérêt, faute de dynamisme, par faiblesse.

Elle avança son bras au-dessus des couverts et posa sa main sur la sienne.

« Qu'est-ce que tu as? lui dit-elle. Tu es si sombre. Il ne faut pas être triste! »

Il la dévorait des yeux sans mot dire.

« Ecoute, chuchota-t-elle. Il est tard, il faut rentrer. Demain, mon train ne part qu'au début de l'après-midi. Nous pourrons dormir plus tard demain matin. Tu viendras me conduire à la gare, si tu veux... »

Et, comme il ne bougeait pas, incrédule.

« Allons, viens! » dit-elle.

Tandis que Johanna refermait doucement la porte, Gérard fit du regard le tour de l'appartement. Il retrouvait la tapisserie d'un bleu pâle, les deux fenêtres donnant sur la rue, la moquette bleue, le divan large et profond, l'alcôve avec son lit bas et ses petites lampes de chevet habillées de bleu. Avec Johanna, tout était doux, feutré, intime, confortable. Facile. La vie ressemblait à un rêve, les heures passaient comme des minutes.

Pendant qu'elle était dans la salle de bain, il s'assit sur le divan, feuilleta distraitement le *Frankfurter Allgemeine Zeitung* qui traînait sur une table basse avec le *Times* et *Le Figaro,* puis le reposa après quelques secondes. L'impression d'irréel qu'il avait éprouvée la veille le reprenait, plus violente, plus profonde. Il laissa aller sa tête sur les coussins et décida de ne plus penser à rien jusqu'au lendemain après-midi, jusqu'à l'heure où un train emporterait Johanna.

Une caresse sur sa joue lui fit reprendre conscience. Johanna, en pyjama, lui faisait face et le regardait en souriant.

« Je crois que tu étais endormi! dit-elle.

– Non, pas du tout. Je me relaxais...

– Tu pensais encore... Tu penses trop!

– Non, je ne pensais pas. Je rêvais. De toi. Et c'était bien agréable...

– Allez, la baignoire est libre. Va vite! »

Il la rejoignit après une rapide toilette. Elle l'accueillit tendrement, l'embrassa sur le front et la tempe puis éteignit la lampe de chevet...

Gérard se réveilla au plein de la nuit. Bien que la fenêtre fût grande ouverte, il avait chaud et soif. Il alluma la lampe de chevet, se leva, alla boire un verre d'eau dans la salle de bain, revint jeter un coup d'œil par les interstices des persiennes.

Avant de se recoucher, il se pencha sur Johanna. Elle dormait profondément, la bouche entrouverte, une mèche de cheveux retombée sur le nez. Des ombres légères cernaient ses yeux. Le drap avait glissé de son épaule ronde et découvrait un de ses seins. Il caressa ses cheveux du bout des doigts. Même abandonnée dans le sommeil, nue, confiante, cette femme l'intimidait. Ils avaient fait plusieurs fois l'amour, et pourtant il sentait, il savait qu'elle n'était pas à lui. Et cette impression de frustration décuplait le désir qu'il avait d'elle. Il la détailla de nouveau, attentivement.

« Elle n'est pas extrêmement belle, se dit-il. Mais elle a quelque chose d'extraordinaire, même quand elle dort. Qu'est-ce que cela peut bien être? »

Tout se brouillait dans sa tête : la douceur maternelle des gestes de Johanna, ses réactions d'amoureuse impudique, ses sourires amusés auxquels il avait trouvé d'abord une apparence condescendante...

Il se rappela qu'il avait décidé de ne penser à rien jusqu'au lendemain, se recoucha, éteignit la lumière, posa la main sur l'épaule chaude et douce de Johanna et tomba comme une pierre dans le profond du sommeil.

V

GÉRARD se retourna brusquement pour ne plus voir Johanna, sa main haut levée qui lui faisait par la fenêtre du wagon le petit signe affectueux (comme si elle disait non de la main) qu'elle lui avait fait alors qu'il l'attendait devant l'hôtel, pour ne plus voir son visage à demi penché, un visage sérieux, presque triste.

Ce départ le bouleversait à un tel point qu'il dut s'asseoir sur un banc de la salle d'attente. Il avait l'impression que la terre lui fuyait sous les pieds. La gare, autour de lui, était sale, froide, hideuse. Des gens passaient, pressés, encombrés de multiples bagages.

Il sortit son portefeuille pour relire l'adresse et le numéro de téléphone que Johanna avait écrits pour lui sur une feuille déchirée de son agenda, d'une écriture haute et large, aux caractères nets.

Johanna l'avait embrassé tendrement sur

le quai. Avant de monter dans le train, elle lui avait dit plusieurs fois « au revoir » en souriant. Lui, sottement, il avait envie de pleurer. Il n'avait pas dit au revoir. Il lui avait lancé, au moment où le train démarrait : « N'oublie pas! N'oublie pas! » comme s'il était persuadé qu'elle aurait dû lui dire adieu.

Maintenant, une foule de regrets commençait à l'assaillir. Il n'aurait pas dû lui faire prendre le métro pour venir à la gare, mais commander un taxi : une femme de cette qualité qui s'était donnée au pauvre imbécile qu'il était méritait, au moins, cette mince preuve de considération. Il aurait dû lui offrir ce midi un repas fin au buffet de la gare ou dans un restaurant chic. Il aurait dû lui confier tout de lui. Lui demander, la supplier, l'implorer de revenir bientôt, le plus tôt possible. Lui avouer que les quelques aventures féminines qu'il lui avait dit avoir eues n'avaient jamais compté et ne compteraient jamais dans sa vie.

Mais il n'avait pas osé. Près de Johanna, il ne pensait à rien, à rien d'autre qu'à écouter ce qu'elle disait, à la dévorer des yeux, à chercher de sa main le contact de sa main.

Ici encore, tout était flou dans sa tête. Seule, la pensée que Johanna s'éloignait de lui à chaque seconde émergeait de la brume qui l'avait envahi. Les mains crispées sur le petit sac où il avait rangé son nécessaire de toilette, il se répétait, comme ivre, que ce lendemain redouté était arrivé, que Johanna et lui étaient plongés dans le départ, la séparation, l'adieu, l'absence, et que demain ce serait un jour où il n'y aurait plus de Johanna, comme il n'y avait plus eu de Géraldine Villa après la mort de sa mère. Plus jamais... Never more...

Il se leva pesamment, gagna l'escalier du métro. Il n'avait envie de rien, que de rentrer, retrouver l'appartement vide, sa chambre vide, son lit vide, et dormir, oublier. Dormir pour oublier...

Il fit comme dans un rêve le voyage jusqu'à la gare de Lyon. Dans le métro, les quais étaient presque déserts et les couloirs sonores. A la gare, il prit machinalement son billet au distributeur automatique et s'assit dans le train de banlieue. Au moment du départ, il jeta un coup d'œil sur sa montre. Il y avait déjà une heure que Johanna l'avait quitté, son train à elle l'emportait à grande vitesse et chaque seconde qui passait accumulait entre eux les kilomètres.

La fatigue lui pesait aux épaules et à la nuque. Il s'appuya au dossier et, le coude contre le bord de la fenêtre, la joue contre son poing fermé, il contempla d'un œil morne le paysage qui défilait sous ses yeux.

Il referma du pied la porte d'entrée, qui résonna longuement dans l'appartement vide. Bien qu'il n'eût mangé à midi qu'un sandwich – Johanna avait voulu déjeuner légèrement avant le voyage –, il n'avait pas faim. Il ouvrit une bouteille de Coca-Cola, alluma la télévision, se laissa tomber dans le large fauteuil de cuir où son père avait l'habitude de s'asseoir. Devant lui, sur la table basse décorée de dessins tarabiscotés, traînait le morceau de papier où son père lui avait écrit les quelques mots l'avertissant de son absence pendant tout le week-end. Où pouvait-il bien être? Jamais il ne s'absentait si longtemps. D'habitude, il rentrait le dimanche soir. Il devait avoir, lui aussi, une femme dans sa vie...

La télé passait des images d'une compétition de natation. Cela lui donna l'idée d'aller à la piscine. Il aimait nager, et cela le détendrait peut-être. Mais cette velléité l'abandonna aussitôt, le laissant en tête-à-tête avec des pensées vagues, moroses. Dehors, le ciel s'était assombri. Une averse menaçait.

Il fuma une cigarette en buvant à petites gorgées la bouteille de Coca. Les épreuves sportives lui paraissaient insipides. Il bâilla plusieurs fois, s'étira longuement, dégrafa le col de sa chemise, ôta sa cravate et décida d'aller se reposer dans sa chambre.

Etendu tout de son long sur son lit, les mains sous la tête, les yeux au plafond, il rêvassa longtemps. L'averse qui menaçait était arrivée. La pluie frappait les carreaux de la fenêtre de petits coups légers et irréguliers. Il imagina Johanna près de lui dans sa chambre, cette chambre de garçon qu'il avait décorée lui-même de quelques posters et de photos de vedettes de football. Il trouva brusquement cette décoration ridicule et se leva pour l'enlever.

Retourné sur son lit, il contempla avec une amère satisfaction la tapisserie nue des murs, la vieille commode où il rangeait tant bien que mal ses jeans, ses pulls et ses chaussettes, et la table basse où s'alignaient les quelques disques qu'il aimait et sur laquelle reposait son électrophone, cadeau de son père pour sa réussite au bac.

Il se releva pour mettre l'appareil en marche et écouter un air du folklore latino-américain qu'il aimait.

La musique fit revenir son cafard à grands flots. Johanna était allée là-bas, à Lima, à Rio, à Buenos Aires, et lui ne connaissait rien de tout cela, il ne savait rien du monde, de la vie, il ne connaissait que cette chambre, cette banlieue, le train de Paris, le métro-boulot-dodo, le ciné du samedi soir avec Jean-Claude et, parfois, Ghislaine, quelques boums de temps à autre où il se donnait l'impression de s'amuser parce qu'il essayait de se trémousser en cadence avec les autres en échangeant des propos sans intérêt et des idées toutes faites.

Oh! Partir! Partir avec Johanna qui lui montrerait, qui lui expliquerait tous ces pays inconnus... Prendre tous ces avions qu'elle avait pris. Aller de Caracas à Athènes, d'Istanbul à Mexico, de Vienne à Stockholm, de New York à Oslo. Partir avec elle. Loin, loin, très loin...

La sonnerie du téléphone le réveilla. Il se redressa, se frotta les yeux, passa la main dans ses cheveux ébouriffés. L'électrophone était resté branché.

Il se leva, coupa le contact sur l'appareil. Dans le salon, la sonnerie continuait, insistante, énervante. Il alla décrocher en grommelant sans même se demander qui pouvait bien appeler un dimanche soir, sur les coups de dix-neuf heures.

Il reconnut à peine la voix de Ghislaine, déformée par des grésillements.

« Attends, j'entends mal. Je prends l'écouteur!... Eh bien, oui, c'est moi. Qu'est-ce qu'il y a?

– Alors, que se passe-t-il? questionna Ghislaine.

– Rien! fit Gérard.

– Comment, rien...

– Non, rien!

– Comment se fait-il que tu sois chez toi à cette heure-ci?

– Si tu trouves bizarre que je sois là, pourquoi m'as-tu appelé? dit-il, acerbe.

– Je t'ai appelé à tout hasard... On ne t'a pas vu hier soir! »

Gérard ne répondit pas. Ghislaine l'agaçait. Il allait falloir expliquer, justifier son absence, rendre des comptes en quelque sorte, et il n'y avait même pas pensé. Il lui fallait trouver tout de suite une explication. Il dit, sans plus réfléchir.

« Non, j'étais mal fichu!

– Tu aurais pu prévenir Jean-Claude!

– Je ne savais pas que je serais mal fichu...

– Alors tu aurais pu me téléphoner. On t'a attendu jusqu'à plus de huit heures et demie! »

Il pensa brièvement que, à cette heure, hier, il entrait au restaurant avec Johanna.

« Je n'y peux rien, dit-il. J'étais couché. Et tu viens de me tirer du lit...

– Ah! dit Ghislaine. J'espère que ce n'est pas grave...

– Non, non! répondit-il. Un petit coup de froid, sans doute...

– Tu as vu le toubib?

– Non, pas la peine, fit-il, excédé de toutes ces questions, de cette curiosité, de cette sollicitude inquiète qui le contraignait à mentir, à s'enferrer dans le mensonge. Je me suis reposé. Ça va mieux, et demain, je serai d'attaque!

– Tu ne me demandes pas ce que nous avons fait, Jean-Claude et moi? questionna Ghislaine après un silence.

– Ah! oui, qu'est-ce que vous avez fait?

– Rien, mon vieux. On t'a attendu, c'est tout. Et Jean-Claude est venu me raccompagner à la maison vers neuf heures...

– Ah, bon!

– Dis donc, ça n'a pas l'air de t'intéresser, ce que je dis!

– Si, si...

– On ne le croirait pas!

– Je suis encore un peu fatigué, tu sais!

– Bon, alors repose-toi bien. Je te laisse. Je vais bosser un peu. Le bac approche! »

Le bac de Ghislaine! Il l'avait complètement oublié. Depuis vendredi soir, il avait tout oublié. Il était brutalement sorti de sa vie quotidienne, projeté dans un autre monde où rêve et réalité se confondaient, aussi agréables, aussi séduisants l'un que l'autre.

« C'est vrai, dit-il. Je te souhaite bonne chance!

– Passe-moi un coup de téléphone à la

maison jeudi soir, dit Ghislaine. Ce sera terminé. Je pourrai te donner des nouvelles et on se mettra d'accord pour samedi prochain...

– Si tu veux, répondit Gérard.

– Bon, alors, salut, et à jeudi, au téléphone...

– Salut! »

Gérard raccrocha et souffla bruyamment, excédé. Demain, ce serait la même chose. Il lui faudrait mentir à Jean-Claude, lui dire qu'il avait passé au lit le week-end. Mais Jean-Claude ne le croirait pas, il lui dirait : « Tu te fous de moi! » Il détecterait le mensonge au seul ton de sa voix, il se rendrait compte rapidement que quelque chose était arrivé, quelque chose d'inhabituel, d'extraordinaire.

Non, il ne pourrait pas dissimuler longtemps le secret de son aventure, il dirait tout à Jean-Claude, il partageait avec lui beaucoup de choses, il partagerait cela aussi.

Il sourit à la pensée de l'ébahissement de Jean-Claude lorsqu'il lui raconterait. Jean-Claude le fixerait de son œil rond et fureteur et s'esclafferait : « C'est pas vrai, c'est pas vrai!... » Peut-être même qu'il se livrerait à quelques commentaires égrillards. Mais lui, Gérard, lui couperait la parole, le prierait de ne pas plaisanter sur Johanna, il ne tolérerait pas que l'on tienne certains propos sur elle. D'ailleurs, Jean-Claude était intelligent, il comprendrait tout de suite et n'insisterait pas.

Il était près de vingt heures. A ce moment, Johanna avait passé depuis longtemps la frontière et devait approcher de chez elle. Il chassa délibérément toutes les supputations qui lui venaient à l'esprit pour brasser à nouveau les souvenirs de la veille et du matin.

Il écouta distraitement les informations du journal télévisé en mangeant des chips et quelques fruits, attendit le film du soir, le trouva débile au bout de dix minutes, ferma le poste et alla se coucher.

VI

LE CIEL était couvert d'un gris uniforme, une pluie fine et persistante enveloppait la banlieue d'une sorte de brouillard. Le train était passé avec plus de dix minutes de retard, ce qui avait entraîné un surcroît de voyageurs.

Gérard avait tout de même réussi à trouver une place assise. Par la vitre embuée sur laquelle frissonnaient des gouttelettes, il distinguait à peine les masses grises des maisons, les rues ruisselantes où avançaient lentement des files de voitures. Devant lui, un jeune homme aux cheveux longs et raides sommeillait, avec le visage blême et les traits tirés de ceux qui n'ont pas assez dormi. A côté, une femme tricotait, l'air absorbé par le jeu de ses aiguilles. Tout près, un gros homme lisait son journal en fumant une cigarette de papier maïs et toussait d'une toux profonde et grasse.

Parmi cette foule agglutinée, debout,

entre les banquettes, il ne connaissait personne. Il retrouvait quelques visages rencontrés presque chaque matin depuis qu'il travaillait à la banque. Des visages clos où il ne lisait rien, ni joie, ni ennui. Des visages à la fois familiers et étrangers.

Et tout à l'heure, dans le métro, il en serait de même. Autour de lui se presseraient des corps, devant ses yeux passeraient des visages. Tous, malgré cette proximité, éloignés de lui comme s'ils se trouvaient sur une nébuleuse.

Chaque jour, il en était ainsi, mais Gérard n'avait jamais autant que ce matin éprouvé ce sentiment de solitude. Il avait mal dormi, s'était tourné et retourné longtemps avant de s'assoupir enfin, et s'était réveillé très tôt, bien avant l'heure habituelle. Il se sentait fatigué, sans courage. La perspective d'une journée longue et morne ne l'effrayait même pas. Il se sentait indifférent à tout ce qui l'entourait. Aujourd'hui, rien ne le toucherait. Il serait absent de tout, retiré, pelotonné, recroquevillé au fond de lui-même, bien au chaud contre ses souvenirs, avec Johanna.

Que pouvait-elle bien faire à cette heure de la journée? Elle lui avait dit qu'elle se levait tôt pour préparer le petit déjeuner de son mari et de son fils. Mais son mari était absent, en ce moment. Peut-être allait-elle conduire son fils à l'école? Ensuite, elle rentrerait chez elle. Seule. Et elle penserait à lui comme lui pensait à elle. Ils seraient aujourd'hui ensemble par la pensée comme ils avaient été ensemble lors de ces heures trop courtes qui les avaient vu réunis.

Gérard soupira. Non, il n'était pas seul. Quelqu'un, une femme, pensait à lui. Dans sa vie, il y avait quelqu'un, il s'était enfin passé quelque chose...

A la sortie du métro, il retrouva la pluie, qui avait redoublé de violence. Il remonta le col de sa gabardine et se hâta vers le bureau parmi une foule de parapluies, alors que les voitures passaient près de lui en chuintant sur le bitume ruisselant.

Il avait à peine commencé son travail que la sonnerie du téléphone le fit sursauter. Il décrocha, ennuyé. Ce matin, il n'avait pas envie de parler.

« Allô, c'est toi, Gérard? »

C'était Jean-Claude.

« Oui! Salut, Jean-Claude!

– Salut! Comment ça va?

– Ça va!

– Alors, qu'est-ce que tu deviens, depuis vendredi?

– Moi... Rien!

– Quoi, rien? Vendredi, tu me dis : « A demain soir! », et samedi soir, à la République, personne! Pas plus de Gérard que de poil dans le creux de ma main! On t'a attendu pendant plus d'une heure. Même que Ghislaine s'est fait draguer par un type...

– Ah!

– Et elle n'était pas de bon poil, tu sais!

– Sans blague... Je ne m'en suis pas aperçu!

– Pourquoi? Tu l'as vue hier?

– Non, elle m'a téléphoné. J'étais chez moi.

– Et elle ne t'a rien dit?

– Non!

– Elle faisait pourtant une drôle de gueule samedi... Mais toi, tu lui as dit pourquoi tu n'es pas venu?

– Oui! Je lui ai dit que j'étais mal fichu...

– Et ce n'était pas vrai?

– Mais non, fit Gérard d'un ton rogue. Je ne suis pas mal fichu, et samedi je n'étais pas mal fichu...

– Alors, pourquoi nous as-tu laissés tomber? »

Gérard hésita. Jean-Claude enchaîna d'un ton vif.

« Dis donc, si tu ne veux rien me dire, c'est ton droit! Après tout, tu es libre, tu fais ce que tu veux. Mais, la prochaine fois, essaie quand même de me prévenir, ou de prévenir Ghislaine. »

Et il raccrocha.

Gérard reposa le récepteur sur son socle. Il s'attendait aux questions de Jean-Claude, à ses reproches. Il n'avait qu'à lui répondre ce qu'il avait répondu à Ghislaine. Cette réponse était la plus facile, la plus satisfaisante. Mais Gérard n'aimait pas mentir. Il n'avait jamais encore menti à Jean-Claude. Celui-ci ne méritait pas qu'on lui mente, il ne comprenait pas le mensonge, il était naturel et franc, d'une franchise rude, abrupte parfois, mais c'était un chic copain sur lequel on pouvait compter.

Gérard tenta vainement de se plonger dans son travail. Il se trompa plusieurs fois dans des relevés de comptes. Il repoussa les liasses de paperasses étalées devant lui, alluma une cigarette et contempla rêveusement les volutes de fumée bleue qui s'enroulaient et se déroulaient devant ses yeux en prenant des formes étranges. Hier, à cette même heure, il se réveillait. Le corps chaud et doux de Johanna était lové contre lui...

Il décrocha le téléphone et appela Jean-Claude. Il allait tout lui raconter, ce serait une preuve de confiance à son égard, et aussi une manière de revivre sa merveilleuse aventure.

« Salut, Jean-Claude. C'est Gérard! dit-il cordial.

– Ah! Alors, ça va mieux?

– Ecoute-moi au lieu de recommencer à me poser des questions!

– Je ne demande qu'à t'écouter...

– As-tu prévu quelque chose pour ce midi?

– Moi, non. Pourquoi?

– On pourrait déjeuner ensemble...

– Pourquoi ce midi et pas ce soir, à la sortie du boulot, comme d'habitude?

– Parce que j'ai quelque chose à te dire...

– Et ça ne peut pas attendre ce soir?

– Si, bien sûr. Mais je préférerais ce midi, car ce soir, je veux rentrer tôt. Je n'ai pas vu mon père depuis vendredi matin.

– Comment? s'exclama Jean-Claude. Depuis vendredi matin?

– Oui. Mais je te raconterai. Alors, d'accord pour ce midi?

– Si tu veux...

– Je connais une pizzeria correcte dans le quartier, fit Gérard satisfait. Passe me prendre au bureau à midi. Je t'attendrai devant la porte. »

Quand Gérard quitta le bureau, la pluie avait cessé. Un soleil encore timide filtrait sa lumière à travers un ciel d'un blanc sale. La rue semblait fumer. Des flaques d'eau s'étendaient de loin en loin le long des caniveaux. Au carrefour proche, des travaux de terrassement qui paraissaient ne devoir jamais finir avaient causé des amoncellements de boue jaunâtre et collante.

Jean-Claude arriva quelques minutes après, essoufflé.

« Salut, Gérard! dit-il en lui tendant la main. J'ai fait vite. A peine cinq minutes... »

La succursale où il travaillait n'était pas éloignée, mais il avait dû marcher d'un bon pas.

« On aura un peu plus de temps devant nous, dit Gérard.

– Alors? demanda Jean-Claude, le sourcil haut levé. Où étais-tu hier après-midi?

– Mais chez moi, je te l'ai dit. J'étais couché... »

Jean-Claude le fixa, l'œil rond.

« Je ne comprends plus! dit-il. Qu'est-ce que tu faisais chez toi couché un dimanche après-midi, alors que tu m'as dit ce matin que tu étais en pleine forme?

– Je te dirai ça tout à l'heure, répondit Gérard amusé de l'air intrigué de Jean-Claude. Mais toi, qu'est-ce que tu as fait?

– Moi? Je suis allé au ciné. Je n'avais pas pu y aller la veille, Ghislaine n'a pas voulu. Elle a fait la gueule, tu sais, samedi soir. Je suis allé la raccompagner jusqu'à chez elle pour la réconforter un peu. Ça faisait trois semaines qu'on n'était pas sorti ensemble, tu aurais dû me prévenir, j'aurais arrangé les choses...

– Je ne le pouvais pas », fit Gérard.

Ils prirent place l'un en face de l'autre dans un coin d'une salle bruyante aux murs de laquelle étaient accrochées toutes sortes de fiasques de vin. Un électrophone passait en sourdine des chansons italiennes accompagnées de mandoline. Ils commandèrent deux pizzas romaines et une bouteille de valpolicella.

Gérard se mit à manger avec appétit. Il avait faim. Il n'avait pas pris de véritable repas depuis celui de samedi soir.

Jean-Claude le dévisageait attentivement en mastiquant sa pizza.

« Je ne sais pas si tu es en forme, dit-il tout à coup en posant sa fourchette, mais tu as l'air crevé, mon vieux!

– Je le suis, dit Gérard. J'ai peu dormi depuis vendredi soir... »

Jean-Claude cligna des yeux en hochant la tête.

« Oh! murmura-t-il, je commence à comprendre... Elle est jolie, sympa?... »

Gérard but une gorgée de vin.

« Mieux que cela, dit-il. Mieux que tout ce que tu peux imaginer. Extraordinaire... Et ce n'est pas une fille, c'est une femme!

– Une femme?... répéta Jean-Claude.

– Oui..., trente-quatre ans. Elle est mariée et elle a un enfant. Un garçon de sept ans...

– Eh ben, mon salaud, toi alors!... Dis donc, tu comptes la revoir? »

Gérard se rembrunit.

« Oui. J'ai son adresse et son numéro de téléphone. Mais ce ne sera pas facile... Elle est allemande, et elle vit en Allemagne!

– Comment? sursauta Jean-Claude. En Allemagne?

– Oui. A Francfort. Ce n'est pas très loin de la frontière...

– C'est pas vrai! fit Jean-Claude. Une Allemande... On ne peut pas dire que tu cherches les solutions faciles, toi!

– Je n'ai rien cherché... J'ai trouvé... Le hasard! C'est formidable, tu sais... Et elle a tout, vraiment tout : le physique, le mental, le tempérament... Elle est interprète, elle parle trois langues, et le français sûrement mieux que toi et moi malgré quelques erreurs de syntaxe. Elle est terriblement cultivée, de quoi vous donner des complexes.

– Merde, fit Jean-Claude, c'est pas vrai... Continue, tu m'intéresses! »

Gérard lui obéit et poursuivit ses confidences, parla des voyages de Johanna à travers le monde, de leur repas du samedi soir, de leur promenade sur les Champs-Elysées, des idées de Johanna sur la France et les Français. Jean-Claude l'écoutait sans mot dire. Il n'avait jamais connu Gérard aussi bavard, aussi enthousiaste. Celui-ci lui donna un amical coup de poing sur l'épaule et lui dit :

« Tu comprends pourquoi je ne suis pas venu?

– Oh, j'ai pigé, fit Jean-Claude. Je ne suis pas bouché à ce point...

– Dis-moi... Qu'est-ce que tu en penses?

– Qu'est-ce que tu veux que j'en pense? Que tu as du pot... C'est sûr. Les femmes de qualité ne manquent pas, mais on n'arrive pas facilement à les trouver. Alors, si on en trouve une, c'est qu'on a du pot...

– Et cela te surprend?

– Qu'est-ce qui me surprend? Qu'elle soit mariée? Non. Ce n'est pas la première femme qui fait cocu son mari... Que ce soit arrivé si vite? Des trucs comme ça, ça arrive toujours très vite. Ça se fait sans réfléchir. Si on réfléchissait, ça ne se ferait pas!

– Tu as raison, dit Gérard. Je n'ai pas réfléchi, et peut-être qu'elle non plus. Je me demande encore si je n'ai pas rêvé...

– Ne rêve pas trop, rétorqua Jean-Claude. Elle est rentrée chez elle, et ce n'est pas la porte à côté. Si tu as l'intention de la revoir, ça va te poser des problèmes, tu ferais mieux de trouver une nana que tu puisses rencontrer sans avoir à traverser le pays... »

Gérard ne lui prêta pas attention. Il reprit ses confidences sur tout ce que lui avait dit Johanna, sur sa façon de se vêtir, de se maquiller, sur sa démarche, son rire. Jean-Claude, stupéfait, l'écoutait parler, répéter les mêmes choses, les mêmes mots.

« Comment tu vas présenter la chose à ton père? » demanda-t-il à brûle-pourpoint. »

Gérard parut brusquement dégrisé.

« Mon père! Il est parti samedi matin et n'est pas rentré. Alors il n'a rien à dire...

– Tout de même, objecta Jean-Claude.

– Il ne me posera pas de questions. Il s'en fout... »

Après un café très noir et très fort, ils se séparèrent. Jean-Claude donna une tape amicale sur l'épaule de Gérard.

« Allons, à un de ces jours, et ne pense pas trop à ta délicieuse petite Allemande, ou tu vas te rendre malade...

– Idiot! fit affectueusement Gérard. Mais garde bien tout ça pour toi, hein!

– Evidemment, s'exclama Jean-Claude. Allez, salut, je te rappelle demain ou après-demain!... »

L'après-midi passa vite. Gérard se jeta à corps perdu dans son travail pour rattraper le retard qu'il avait accumulé le matin en rêvassant. Il ne vit personne, ne parla à personne. A l'heure de la fermeture des bureaux, il s'éclipsa rapidement, retrouva sans aigreur la foule de la rue, la foule du métro, la foule du train.

Quand il referma la porte de l'appartement, il avisa le chapeau de son père accroché au porte-manteau du vestibule.

« Tiens, il est déjà rentré! » se dit-il surpris.

Il suspendit sa gabardine et gagna la cuisine où son père, debout devant la gazinière, commençait de préparer le repas du soir.

« B'soir, p'pa!

– Bonsoir, Gérard!

– Tu es déjà rentré, à cette heure-ci? »

Louis Villa se retourna.

« Je pourrais te poser la même question, dit-il sèchement.

– Mais il n'est que sept heures et demie... D'habitude, tu ne rentres jamais avant huit heures!

– Peut-être... Mais figure-toi que je rentre, moi... Et si je ne rentrais pas, je prendrais la précaution de prévenir... »

Gérard ne répondit pas, ôta son blouson pour l'accrocher au dossier d'une chaise.

« Je t'ai déjà dit de ne pas accrocher ta veste ou ton blouson sur les chaises! s'écria Louis Villa.

– O.K., p'pa, j'oublie toujours... »

Gérard reprit son blouson et alla le suspendre dans le placard du vestibule. Son père était de mauvaise humeur, le timbre de sa voix était sec, coupant. Il devait couver une de ces colères...

« Tu veux que je te donne un coup de main ? demanda Gérard.

– J'aurais aimé que tu me le donnes vendredi soir, fit Louis Villa après un bref silence. Je t'ai attendu toute la soirée !

– Bah ! Je ne pouvais pas savoir... »

Louis Villa s'essuya longuement les mains au tablier qu'il avait mis pour cuisiner.

« Ecoute-moi, Gérard, dit-il d'une voix grave. Je ne pense pas être pour toi un père tyrannique. Tu as dix-neuf ans, tu n'es plus un gamin, tu sais ce que tu fais – du moins, je le crois. Tu sors, tu rentres à l'heure qui te convient... Mais si par hasard tu ne rentres pas, préviens-moi, bon sang !... Un coup de téléphone, ça ne coûte pas cher !

– Ne t'énerve pas, p'pa ! risqua Gérard.

– Je ne m'énerve pas, répliqua Louis Villa. Je te fais simplement remarquer ton insouciance, ton impolitesse...

– Je n'ai pas pu...

– Je te préviens bien, moi, quand je m'absente. Qu'est-ce qui t'empêche de le faire ?

– J'ai couché chez Jean-Claude... Et il n'a pas le téléphone...

– Je ne te demande pas où tu étais, ni ce

que tu faisais. Je te demande simplement de me prévenir si tu ne rentres pas!

– Tu n'étais pas inquiet, tout de même! » ricana Gérard.

Louis Villa haussa les épaules en secouant désespérément la tête. Gérard, pour se donner une contenance, ouvrit le buffet afin de mettre le couvert. Du coin de l'œil, il guignait son père qui tournait et retournait nerveusement la viande dans la poêle. S'il savait, que dirait-il? Rien. Il hocherait la tête, sans doute, et le regarderait longuement, fixement. Il le regardait parfois ainsi, de son œil sombre, avec l'air d'être ailleurs, comme s'il essayait de se rappeler quelque chose de très vague, de très lointain.

Gérard observait de trois quarts son front plissé, sa calvitie naissante qui creusait des golfes dans sa chevelure brune, la fine moustache qui ombrait sa lèvre mince, le nez aquilin, les mains longues et nerveuses. Son père! L'homme ouvert, rieur, enjoué, qui peuplait tous les bons souvenirs de son enfance heureuse... L'homme refermé, sombre, secret, qu'il était devenu après la mort de sa femme, six ans auparavant... L'homme qu'il apercevait à peine quelques heures, le soir, après la journée de travail et avant la partie de bridge ou d'échecs... L'homme qui disparaissait de plus en plus souvent lors des week-ends depuis quelque temps... Non, cet homme lointain, étranger, ne pouvait s'inquiéter d'une absence de son fils.

Ils mangèrent en silence, chacun plongé dans ses pensées, faisant machinalement les gestes quotidiens qui n'avaient aucun sens. Gérard pensa que des millions d'autres gens faisaient au même instant ces gestes et que leurs pensées étaient ailleurs, très loin. Johanna, elle aussi, faisait les mêmes gestes, mais où était-elle? Chez elle... Ou bien, comme lui, dans cette chambre bleue, près des Champs-Elysées, dont le souvenir lui revenait sans cesse?

« Que fais-tu, ce soir? demanda subitement Louis Villa.

– Rien. Je vais me coucher de bonne heure!

– Bon! Ne ferme pas de l'intérieur! Je sors faire une partie d'échecs. Je ne rentrerai pas tard. Allez, bonsoir!

– B'soir, p'pa! »

Lorsque son père eut refermé la porte, Gérard s'aperçut avec étonnement qu'il aurait désiré que Louis Villa lui posât d'autres questions, qu'il aurait aimé lui dire qu'il avait, les deux nuits précédentes, connu et aimé une femme et que, grâce à elle, sa vision du monde avait été transformée.

VII

La journée du mardi lui avait paru si désespérément longue que Gérard avait décidé de téléphoner à Johanna dès ce mercredi matin. Prétextant une course urgente à faire dans le quartier, il demanda à son chef de bureau l'autorisation de s'absenter un quart d'heure. Celui-ci la lui accorda de mauvaise grâce en lui faisant remarquer qu'il pourrait bien attendre l'heure de midi.

Gérard se précipita au bureau de poste le plus proche. Il dut attendre quelques minutes en rongeant son frein avant de s'asseoir face à l'appareil. Il composa le numéro le cœur battant. La ligne était occupée.

« Tiens! se dit-il. Elle téléphone déjà. Pourtant, là-bas, avec l'heure de retard qu'ils ont sur nous, il n'est que 8 heures 20... »

Il refit le numéro. La sonnerie retentit longuement.

« Pourvu qu'elle soit là! » murmura-t-il.

Quelqu'un décrocha.

« Helmster! annonça la voix douce de Johanna, cette voix qu'il aurait reconnue parmi des milliers.

– Allô! Johanna... Bonjour! C'est Gérard...

– Ah! C'est toi... Tu as de la chance de me trouver. Je suis sur le pas de partir conduire le petit à l'école! »

Gérard sourit. « Sur le point de partir » rectifia-t-il mentalement.

« Je viens prendre de tes nouvelles, dit-il.

– C'est gentil...

– Tu es bien rentrée, tu as fait bon voyage?

– Oui, mais c'est long et fatigant. Heureusement, mon mari est venu me chercher en voiture à la gare. Il était rentré plus tôt...

– Ah!

– Excuse-moi, reprit-elle après un court silence, mais je dois m'en aller. Le petit m'attend. Il est prêt...

– Déjà! répondit-il, désolé. Dis-moi, est-ce que je peux te rappeler demain, vers midi, par exemple. »

Elle eut une brève hésitation.

« Si tu veux, dit-elle, je suis toujours chez moi à cette heure-là. Le petit est rentré de l'école...

– Bien! Alors je t'appellerai demain... Au revoir, Johanna, à demain... Allô!... Allô!... Je t'embrasse!

– Au revoir! » répondit-elle.

Il resta l'oreille collée à l'écouteur. Elle avait raccroché. Il l'imagina sur le chemin de l'école avec le garçonnet. Sa mère à lui le tenait par la main lorsqu'il allait à l'école primaire jusqu'à ce qu'un jour il lui dise qu'elle ne devait plus le faire parce que ses camarades se moquaient de lui...

Il rentra rapidement au bureau, le cœur content. Il avait entendu Johanna, il ne serait pas seul pendant cette journée comme il l'avait été la veille. Et demain encore, il l'entendrait.

Jean-Claude l'appela au téléphone dans le courant de l'après-midi pour lui demander de le voir le soir, après six heures. Il lui rappela que Ghislaine devait être penchée à ce moment sur sa copie de bac. Ghislaine! Tous ces jours-ci, il n'y avait jamais pensé.

« J'espère que ça va gazer pour elle, fit Jean-Claude. Elle le mérite bien... Bon! A ce soir, je passe te prendre à ton bureau! »

« Alors, quoi de neuf? demanda Jean-Claude.

– Rien! fit Gérard.

– Tu as l'air tout drôle!

– Mais non, pas du tout... »

Jean-Claude esquissa une moue dubitative.

« Enfin!... Et ton père, qu'est-ce qu'il t'a dit?

– Pas grand-chose... Je lui ai dit que j'avais dormi chez toi vendredi soir. Il m'a répondu qu'il ne me demandait pas de me justifier, mais simplement de le prévenir si je ne rentrais pas...

– Là, tu conviendras qu'il a raison, fit Jean-Claude. Et tu pourrais en faire autant pour moi!

– D'accord, dit Gérard. Mais cesse de me reprocher cela, puisque tu sais pourquoi je ne l'ai pas fait... Dis donc, poursuivit-il, je lui ai téléphoné ce matin...

– Quoi? demanda Jean-Claude, ahuri. A qui?

– Je te dis que j'ai téléphoné en Allemagne, chez elle... Je l'ai eue au bout du fil. Et je la rappelle demain. Je vais lui dire que je voudrais la revoir...

– La revoir, dit Jean-Claude. Mais comment?

– Je ne sais pas. Je trouverai bien un moyen, moi. L'essentiel est qu'elle puisse se rendre libre pour un week-end.

– Parce que tu crois qu'elle reviendra à Paris comme ça, sans problème?

– Je ne sais pas. Mais si elle ne peut pas venir, moi j'irai là-bas...

– Mais tu ne parles pas l'allemand! fit Jean-Claude.

– Pas un traître mot, mais cela n'a pas d'importance, je me démerderai...

– Et tu comptes la revoir quand?

– Je ne sais pas. Je ne le lui ai pas encore demandé. Je le ferai demain, au téléphone. Samedi et dimanche prochains, peut-être.

– Alors, tu nous laisses tomber encore une fois.

– Tant pis! dit Gérard. On se verra une autre fois.

– Une autre fois... Ce sera difficile, les vacances approchent, Ghislaine va partir, Et moi aussi!

– Je la reverrai bien à Binic, dit Gérard. J'y retourne avec mon père, et elle nous a dit qu'elle y allait cette année.

– Et moi, plaisante Jean-Claude, qu'est-ce que je deviens dans tout ça? »

Gérard se mit à rire.

« Couillon, dit-il, qu'est-ce qui t'empêche de venir avec moi? Il y a de la place pour toi, là-bas, et mon père n'y verra pas d'inconvénient!

– Merci, répondit Jean-Claude. C'est sympa! Pour l'instant, je n'ai encore rien prévu. Je suis d'accord. J'en parlerai à mes vieux ce soir. Car eux partent à la fin de la semaine prochaine dans le Midi, aux Saintes-Maries-de-la-Mer...

– Je vais en parler à mon père ce soir, moi aussi, dit Gérard.

– Alors, pour samedi, qu'est-ce qu'on fait?

– Je te le dirai demain soir. J'irai te prendre à la sortie de ton bureau... »

Dans le métro bondé, ils parlèrent peu. Jean-Claude regardait Gérard à la dérobée. Gérard lui paraissait de plus en plus bizarre. N'était-il pas en train de tomber amoureux? Mais non, ce n'était pas possible. Une femme de quinze ans son aînée, et mariée, et mère de famille par-dessus le marché! Gérard n'était pourtant pas un grand sentimental, ou alors il lui avait toujours caché son jeu...

« Il va falloir que je m'en occupe, de cet idiot, pour qu'il n'aille pas faire de connerie! » se dit-il.

Gérard attendit avec une impatience fébrile l'heure de midi. Il sortit le premier et courut jusqu'au bureau de poste. La ligne était encore occupée. Il dut recomposer plusieurs fois le numéro avant d'entendre enfin la voix de Johanna.

« Helmster.

– Allô, Johanna!

– Ah! C'est toi!

– Oui, c'est moi!

– Une seconde... »

Après un long silence, il l'entendit de nouveau.

« Je suis allée fermer la fenêtre. A cause du bruit de la rue, je t'entendais très mal...

– Comment vas-tu?

– Bien. Je te remercie... Et toi?

– Moi. J'ai un cafard fou. Je m'ennuie terriblement de toi. Je ne cesse pas de penser à toi et au week-end passé. »

Elle eut un rire frais.

« Mais il ne faut pas. Il faut penser à autre chose. A ton travail!

– Je ne peux pas. Mon travail m'ennuie. Tout m'ennuie...

– Ce n'est pas raisonnable!

– Et toi?

– Moi, il faut que je fasse le travail à la maison le matin. Et, l'après-midi, je donne des leçons de français et d'anglais, je fais des traductions pour une maison d'édition qui publie des livres économiques et politiques. Je suis très occupée toute la journée.

– Dis-moi, Johanna...

– Oui...

– Je voudrais te revoir!

– ...

– Tu m'entends?

– Oui, je t'entends...

– Samedi et dimanche, par exemple!

– Ce n'est pas possible. Mon mari sera là...

– Tu ne peux pas trouver un prétexte pour t'absenter? Ne serait-ce qu'une soirée.

Tu n'as pas besoin de venir à Paris. Moi, je peux aller à Francfort, tu sais!

– Non, reprit-elle. Ce n'est pas possible. Nous recevons des amis à la maison pendant le week-end.

– Ah! s'exclama Gérard décu. Alors, l'autre samedi?

– Je ne sais pas, dit-elle après un silence.

– Ecoute, dit Gérard. Tu réfléchis à cela, et moi je te rappelle demain à la même heure.

– Si tu veux... Au revoir!

– Déjà! fit Gérard.

– Mais tous ces coups de téléphone doivent te coûter un argent fou!

– Je m'en fous! dit Gérard. Alors, je te rappelle demain?

– Oui...

– A demain, Johanna. Je t'embrasse très fort... »

Elle raccrocha sans répondre.

Gérard retrouva Jean-Claude devant la porte de l'agence où celui-ci travaillait. Jean-Claude l'attendait, les mains dans les poches, le nez en l'air, avec cet air perpétuellement curieux de tout ce qui l'entourait.

« On va boire un pot avant de prendre le métro? demanda Gérard.

– O.K. »

Ils s'accoudèrent au comptoir, face à face, devant deux demis.

« Alors, quoi de neuf? dit Jean-Claude. Tu le fais, ce voyage dans le Gross Deutschland?

– Non! Enfin, pas tout de suite... L'autre semaine, peut-être. Elle me dira demain si c'est possible...

– Dis-moi, demanda Jean-Claude, l'Allemagne, c'est loin. Le voyage va te coûter les yeux de la tête...

– 'Pas un problème. J'ai un peu d'argent de côté.

– Bon. Mais pour en revenir à samedi, tu es libre. Alors, on sort ensemble, avec Ghislaine?

– Si tu veux, répondit distraitement Gérard.

– On ira danser quelque part, ça nous changera du ciné...

– Si tu veux, répéta Gérard.

– Alors, à samedi soir, sept heures et demie, comme la semaine dernière. Et j'espère que tu viendras, que ce ne sera pas pareil! »

Gérard regarda fixement Jean-Claude. Non, ce ne serait pas pareil! Rien ne pouvait ressembler aux moments vécus avec Johanna la semaine dernière. Si seulement Johanna pouvait se libérer pour l'autre week-end. Toute une semaine à attendre, une longue semaine...

Dans le métro, Jean-Claude lui parla de

Ghislaine. Les épreuves du bac venaient de se terminer. Gérard pensa à celles qu'il avait passées l'année dernière. Tout cela était si loin déjà. Il avait presque oublié, tout cela n'existait pas, il avait commencé de vivre vendredi soir, sur les Champs-Elysées.

Jean-Claude descendit à la station Bastille. Avant de quitter Gérard, il lui fit promettre fermement de venir au rendez-vous qu'ils s'étaient fixé pour le samedi soir.

Gérard bondit sur le téléphone, pensant que Johanna l'appelait pour lui dire qu'il pourrait la voir le lendemain. Cependant, lorsqu'il lui avait téléphoné à midi, elle lui avait répété que c'était absolument impossible, qu'il lui faudrait attendre quelque temps, prendre patience.

Il décrocha, le cœur fou. Il avait eu une excellente idée de donner à Johanna le numéro de l'appartement et celui du bureau. Le téléphone était une fameuse invention...

« Allô, Gérard. Salut! C'est Ghislaine.

– Ah!

– Allô, tu m'entends? C'est Ghislaine...

– Oui... Salut, Ghislaine...

– Eh bien, et le coup de téléphone que tu devais me donner hier soir?

– Oui... »

Il avait complètement oublié. Il oubliait

tout, ces jours-ci. Il ne se souvenait même plus à quoi il avait passé la soirée de la veille. Il se couchait tôt, se réveillait souvent, dormait mal, d'un sommeil agité peuplé de cauchemars. Il fumait dix fois plus qu'auparavant.

« Alors?

– Je suis rentré tard chez moi, mentit-il. Je n'ai pas voulu t'appeler à dix heures du soir...

– Ça n'est pas chouette de ta part. Je croyais que mon bac t'intéressait un peu, tout de même!

– Excuse-moi, dit-il. Alors, ça a marché?

– Plutôt bien, je crois, fit Ghislaine. Je pense que je n'aurai pas besoin de l'oral de contrôle.

– Si tu ne passais pas, je me demande qui passerait, fit-il poliment.

– Merci... Bon, maintenant que c'est fini, parlons d'autre chose. Tu es d'accord, pour samedi soir? Jean-Claude me l'a appris cet après-midi au téléphone. Je t'appelle pour que tu me le confirmes, que tu ne nous refasses pas le coup de la semaine dernière... »

Gérard réprima un mouvement d'humeur. Encore samedi dernier! Si elle y refaisait allusion, il lui jetterait à la face ce qu'il avait fait ce jour-là...

« Enfin, n'en parlons plus, dit Ghislaine. Alors, à demain!

– D'accord... Bye! »

Il raccrocha, pensif. Cette sortie l'ennuyait. Il n'était pas un fan du jerk ni du mambo.

« Je vais m'emmerder comme un rat mort, gouailla-t-il. Bah, ça ou autre chose!... »

Le lendemain, il arriva le dernier au rendez-vous.

« On commençait à être inquiet, lui jeta Jean-Claude, rigolard.

– Oh! Ça va, vous n'allez pas me reprocher toute ma vie ce samedi soir, non!

– Laisse donc, Jean-Claude, fit Ghislaine conciliante, c'est du passé! »

Elle avait fixé son choix sur une boîte où elle était allée quelquefois avec son frère et y entraîna les deux garçons après avoir longuement flâné sur les boulevards.

Ils trouvèrent place à une table près de la piste. Un trio de musiciens vêtus de chemises multicolores jouait en sourdine un blues mélancolique.

« Ce soir, c'est moi qui paie! dit Ghislaine.

– Pourquoi pas chacun son pot, comme d'habitude? remarqua Jean-Claude.

– Pour mon bac. Ça a bien marché. Il faut fêter ça...

– Si tu y tiens, fit négligemment Gérard.

– Bien sûr que j'y tiens! »

Elle héla le garçon qui servait des clients à une table proche.

« Trois scotches, s'il vous plaît! »

Jean-Claude siffla entre ses dents, admiratif.

« Du scotch!... Mademoiselle a les moyens...

– Ça ne vous plaît pas?... Et toi, Gérard?

– Bof! »

Ghislaine éclata de rire.

« Vous vous fichez de moi, tous les deux. Allez, viens danser! dit-elle à Gérard. Le slow, ça te va? Je ferai la prochaine avec Jean-Claude... »

Gérard se leva sans répondre. Ghislaine se colla contre lui. Elle était grande. Sur sa joue, Gérard sentait la rugosité de ses épais cheveux bruns. De temps à autre, elle s'écartait de lui pour le regarder en souriant. De son visage émanait un parfum léger, de qualité.

« Tu n'es guère bavard, ce soir, lui dit-elle. Encore mal fichu?

– Je t'en prie. Tu ne vas pas toi non plus me faire d'allusions de ce genre toute la soirée. Sinon, je fiche le camp!

– Qu'est-ce qui te prend? fit-elle, stupéfaite.

– Il ne me prend rien, je n'aime pas qu'on se foute de moi, c'est tout!

– Mais je ne me fous pas de toi...

– Ça va. Parlons d'autre chose, veux-tu? »

Ghislaine ne répondit pas. Ils terminèrent la danse et regagnèrent leur place en silence. Jean-Claude repartit avec la jeune fille pour un jerk. Gérard but une large rasade de whisky et alluma une cigarette. La chaleur de l'alcool lui embua les yeux. La lumière tamisée du dancing le fit penser à celle du restaurant où la lueur capricieuse de la lampe à pétrole dessinait des ombres sur le visage de Johanna.

Ghislaine se rapprocha de Jean-Claude qui se trémoussait devant elle, le visage épanoui.

« Qu'est-ce qu'il a, Gérard? demanda-t-elle.

– Quoi, Gérard?

– Il est de mauvais poil!

– Laisse tomber, Ghi... Ça lui passera!

– Tout de même, je le trouve bizarre. Il a l'air absent. J'ai l'impression qu'il pense à autre chose, qu'il n'est pas avec nous ce soir...

– Qu'est-ce que ça peut faire, dit Jean-Claude, je suis là, moi! »

Ghislaine avait tourné la tête pour épier Gérard qui fumait, l'œil vague.

« Je ne l'ai encore jamais vu comme ça, dit-elle. Il doit avoir des problèmes, non?

– Je n'en sais rien...

– Il ne t'a rien dit?

– Non. Et je ne lui ai rien demandé... Mais ne t'occupe donc pas. On ne va pas se faire du mouron pour lui, non! »

Quand ils regagnèrent leur place près de Gérard, celui-ci vidait un grand verre de bière.

« Alors, tu bois en Suisse, tu ne peux pas nous attendre! lança Jean-Claude.

– Qu'est-ce que tu veux faire d'autre dans cette boîte, fit Gérard, l'œil mauvais. Il y fait trop chaud et je m'emmerde... »

L'orchestre entamait un slow.

« Alors, viens danser! lui dit Ghislaine.

– Non. Ça suffit. J'en ai marre... »

Jean-Claude se leva.

« On y va », dit-il à Ghislaine.

Elle haussa les épaules et le suivit sur la piste. Par-dessus son épaule, elle devinait dans la pénombre et la fumée le visage de Gérard, creusé d'ombres. Il paraissait soucieux, fatigué. Elle aussi était tout à coup fatiguée. Contre sa joue, elle sentait la joue chaude de Jean-Claude, sur sa taille la main de Jean-Claude, contre sa cuisse la cuisse de Jean-Claude. Tout contre elle, pesant, insistant, Jean-Claude... »

Au-dessus de sa tête, une lumière bleue dessinait dans la salle des ombres aux formes étranges. Elle avait l'impression de rêver. Sur sa tempe, elle sentait la caresse de lèvres chaudes, fiévreuses, qui parcouraient en hésitant sa peau du coin de l'œil jusqu'à son oreille. Une voix basse et douce murmurait tendrement son nom. Le rythme lent et plaintif de la trompette bouchée, la pénombre, la chaleur peut-être, tout cela lui faisait les jambes molles, la vidait de toutes ses forces. Et elle se laissait aller à cette faiblesse trouble comme elle se laissait aller l'été dernier au gré du mouvement des vagues, allongée sur le dos, offerte au plein soleil.

Les lèvres fiévreuses glissèrent sur sa bouche. Elle rejeta brusquement la tête en arrière. Le visage de Jean-Claude était tout près du sien. Elle sentait son haleine tiède, regardait cet œil gris posé sur elle avec une étrange fixité. Un regard dur, possessif, dominateur, vrillé au profond d'elle-même.

Décontenancée, elle murmura :

« Jean-Claude! »

Le jeune homme sembla émerger d'un rêve.

« Quoi?

– On s'en va... »

Ils continuaient de se balancer au rythme lent du blues.

« Pourquoi on ne reste pas? On n'est pas bien, ici?

– Je suis fatiguée!

– Ah! Déjà... Il n'y a même pas une heure qu'on est là!

– Je suis crevée, je te dis... Je veux m'en aller! »

Jean-Claude lui jeta, amer :

« Ma parole, c'est contagieux, le bourdon! Merde, ce n'est pas parce que Gérard fait la gueule qu'on doit se priver d'une bonne soirée, non! »

Elle eut un sourire contraint.

« Mais non, je t'assure, je suis crevée. Le bac et tout ça... Tu ne te rends pas compte!

– Ça va, fit-il, j'ai compris. Le bac et tout ça... comme tu dis. »

Ils retrouvèrent Gérard qui fumait, assis, le buste raide et les regardait sans paraître les voir.

« Ghislaine est crevée, dit Jean-Claude. On se tire!

– O.K.! bredouilla-t-il. Je vous suis, mes petits... »

Alors qu'ils reprenaient leurs vêtements au vestiaire, Jean-Claude dit à Ghislaine :

« Je crois qu'il est à moitié cané. Je le reconduis à la gare. D'ici là, il aura récupéré. Tu viens avec nous... Après, je te ramènerai chez toi! »

Elle lui jeta un bref coup d'œil. Elle revit en un éclair l'expression passionnée de tout à l'heure, pendant qu'ils dansaient.

« Non, Jean-Claude, dit-elle gênée. Je préfère rentrer tout de suite. Je vais prendre un taxi... Je te reverrai lundi! »

VIII

« QUE VEUX-TU que je te raconte? s'exclama Jean-Claude en écartant les bras en signe d'impuissance. Je n'en sais pas plus que ce que je t'ai dit l'autre jour!

– Il ne t'a vraiment rien dit? demanda Ghislaine en le fixant d'un œil inquisiteur.

– Non, rien! » fit-il en détournant la tête.

Il craignait qu'elle ne s'aperçût de son mensonge. Car il savait où était Gérard. Celui-ci lui avait dit l'avant-veille, d'un ton fébrile : « Ça y est, mon vieux! Samedi prochain, je revois Johanna. Elle m'a donné rendez-vous à Strasbourg. C'est formidable! »

L'air malheureux de Ghislaine le préoccupait et l'agaçait à la fois.

« Tu ne me crois pas? » dit-il.

Elle continuait de le scruter sans répondre.

« Je ne suis tout de même pas sa nourrice, ajouta-t-il agressif. Il est majeur et vacciné, et il n'est pas obligé de me raconter ses affaires personnelles...

– Il n'est pas chez lui. J'ai téléphoné dans la matinée. Il n'y avait personne!

– Je le sais bien, qu'il n'est pas chez lui. Il m'a dit qu'il serait absent tout le week-end...

– Il ne t'a pas dit où il allait?

– Je te répète qu'il ne m'a rien dit », fit-il excédé.

Ghislaine baissa le nez sur son verre, dont elle suivait nerveusement du doigt le contour.

« Tu ne vas pas me faire la gueule tout le week-end parce qu'il n'est pas là, reprit Jean-Claude. Je n'y suis pour rien, et je n'y peux rien. »

Elle releva la tête, les yeux brillants de larmes.

« Qu'est-ce que tu as? Qu'est-ce qui te prend?

– Moi? Mais... rien!

– Tu ne vas pas chialer comme un môme! jeta-t-il.

– Je ne pleure pas, dit-elle en tirant un mouchoir de son sac.

– Tu me prends pour un imbécile? Je vois bien que tu pleures... »

Elle renifla, eut un hoquet. Deux larmes perlèrent sur ses cils.

« Enfin, tu ne vas pas passer ton temps à te lamenter parce que Gérard nous plaque quand bon lui semble. Il ne le mérite pas!

– Je ne me lamente pas, répliqua vivement Ghislaine. Je suis vexée, c'est tout!

– Pourquoi vexée? Entre vous, c'est fini depuis longtemps, non?

– Bien sûr, dit-elle. Mais de là à m'envoyer carrément promener, il y a une marge...

– Il t'a envoyée promener?

– Oui. Quand je lui ai téléphoné pour lui demander de sortir aujourd'hui. Tu comprends cela, toi?

– Il exagère... Mais tu sais qu'il est vachement lunatique...

– Non! Il y a autre chose. Depuis quinze jours il a trop changé. Il doit y avoir une fille là-dessous...

– Penses-tu! Il me l'aurait dit », mentit Jean-Claude.

Son mensonge était nécessaire. Ghislaine paraissait si soucieuse qu'il était prêt à lui raconter n'importe quelle fable pour tenter de la réconforter, pour la garder près de lui. Il ne la quitterait pas de l'après-midi et, le soir, il l'emmènerait danser. En dansant, il lui avouerait l'aventure de Gérard, et il la consolerait. Il lui ferait comprendre que Gérard se fichait pas mal d'elle, mais qu'il n'était pas irremplaçable, et que lui, Jean-Claude...

Il posa doucement la main sur celle de Ghislaine.

« Ecoute, Ghi... On ne va pas parler de

ça tout l'après-midi. Tu ne crois pas qu'on a mieux à faire? On peut aller au ciné, si tu veux. Et après, on dîne ensemble et on va danser... Ça te va? »

Avant qu'elle eût répondu, il se leva.

« Allons, viens! dit-il. On va se balader... »

Elle lui obéit docilement, sans mot dire.

Gérard referma son livre après une lecture distraite de quelques pages. Les lignes dansaient devant ses yeux, les mots s'alignaient sans signification. Il avait l'esprit ailleurs. Il était déjà à Strasbourg, où il descendrait bientôt.

Johanna n'arriverait qu'au début de l'après-midi. Il mangerait un sandwich au buffet de la gare en l'attendant. Dans trois heures, il la verrait. Trois heures... Cent-quatre-vingts minutes... Dix mille huit cents secondes...

Il compta lentement jusqu'à cent, puis jeta un coup d'œil par la fenêtre. Ce dernier week-end de juin s'annonçait magnifique. Le train était rempli de voyageurs jusque dans le couloir.

Le paysage avait changé. La plaine lorraine avait fait place à des contreforts boisés qui surplombaient la voie de chaque côté. Gérard n'avait jamais mis les pieds en Alsace. La région parisienne, la côte bretonne, un seul week-end en Angleterre... Une vie terne, statique, sans intérêt! Grâce à Johanna, voici que cette vie prenait une autre dimension, que le cercle étriqué des habitudes craquait, qu'il se libérait des contraintes, qu'il vivait enfin!

Johanna l'aimait... Si elle ne l'avait pas aimé, elle n'aurait pas accepté ce rendez-vous, elle n'aurait pas fait l'effort de venir à Strasbourg... cela l'obligeait à un voyage de plus de trois heures... Elle avait préféré Strasbourg à Francfort. C'était bien ainsi, mais Gérard était prêt à aller jusqu'à Francfort. Il serait allé plus loin s'il l'avait fallu. Jusqu'à Munich, ou à Düsseldorf, ou à Berlin. Il avait regardé attentivement la carte de l'Allemagne. Il en avait appris la géographie au lycée – ce devait être en troisième –, mais il l'avait tout à fait oubliée. Il ne croyait pas que ce pays était si long, si haut, étiré jusqu'à la mer Baltique, proche de la Scandinavie. Il irait en Allemagne un jour, un jour prochain, il en était sûr!

A Strasbourg, il fit lentement le tour de la place de la gare, dont le centre était muré de palissades cachant les travaux de construction d'un parking souterrain, et revint dans le hall où de jeunes soldats, le béret passé sous l'épaulette, attendaient leur train, assis sur des sacs et des valises.

« Quand je pense que bientôt, ce sera mon tour, se dit-il. Si seulement je pouvais être appelé en Allemagne, ce serait un moindre mal! »

Il gagna le buffet, s'assit, commanda un sandwich et un demi. Autour de lui, des garçons en veste blanche passaient, chargés de plateaux encombrés de chopes de bière. Quand il eut terminé, il retourna dans le hall. Il avait encore une heure à patienter. Il se rendit aux Renseignements pour demander l'heure d'arrivée du train de Francfort, que Johanna lui avait dite et qu'il avait déjà vérifiée le matin sur les panneaux de la gare de l'Est, puis revint se mêler à des gens qui attendaient.

Il aperçut Johanna de loin. Elle était vêtue d'un corsage rouge et d'une jupe écossaise, et portait un gros sac de voyage. Elle lui fit signe de la main. Il s'avança parmi la foule jusqu'à l'étroit passage des arrivants.

« Bonjour! » dit-elle.

Il se pencha et l'embrassa doucement.

« Ton train a du retard, remarqua-t-il. J'ai cru que tu n'arriverais jamais!

– Oui, le passage de la frontière a fait perdre du temps... »

Il saisit son sac et la mena vers la sortie.

« Tu as fait bon voyage? demanda-t-il.

– Oui... Et toi?

– Très bon, merci. Tu as déjeuné?

– Non!

– Veux-tu qu'on aille au restaurant?

– Non, merci, je n'ai pas faim... Dans le train, il faisait trop chaud. J'aimerais bien prendre une douche... »

Ils trouvèrent une chambre dans un bon hôtel, sur la place. Tandis que Johanna s'activait dans la salle de bain, Gérard feuilletait le livre allemand qu'elle lisait.

« Qu'est-ce que tu lis? lança-t-il très haut.

– *L'honneur perdu de Katarina Blum,* de Henrich Böll, répondit-elle. C'est très beau...

– Ah! oui. Je crois qu'on en a fait un film...

– Oui! Tu l'as vu?

– Non. Pas encore. Mais j'irai le voir... »

Elle sortit de la salle de bain vêtue de la courte robe en tissu–éponge orangé qu'elle portait à Paris. Elle ouvrit son sac de voyage, en tira un petit paquet.

« Je t'ai apporté quelque chose », dit-elle.

C'était un étui à cigarettes de cuir marqué de ses initiales.

« Il ne fallait pas! dit-il.

– Ce n'est rien...

– Je te remercie. Mais moi, je ne t'ai rien apporté, fit-il, confus.

– Cela n'a pas d'importance!

– La prochaine fois, je t'apporterai un cadeau.

– Ce n'est pas nécessaire!

– Si, j'y tiens... »

Elle lui demanda s'il voulait qu'elle lui raconte l'histoire de Katarina Blum.

« Je m'en fiche, de Katarina Blum, dit-il en riant. Tous les autres m'indiffèrent. Toi seule me plais! »

Ils sortirent tard de l'hôtel pour aller dîner. Dehors, il faisait une chaleur torride.

« Je ne connais pas la ville. Tu connais, toi?

– Oui, j'y suis venue plusieurs fois.

– Tu connais tout, ma parole! Tu es extraordinaire... »

Elle rit.

« Ne me flatte pas. Tu ne me connais pas. Je suis une femme ordinaire, comme beaucoup d'autres.

– Ce n'est pas vrai », fit Gérard en lui prenant tendrement le bras.

Ils suivirent doucement une rue qui les mena jusqu'à un pont. Sous leurs pieds, l'Ill coulait une eau verte et calme.

« Tu dois savoir où se trouvent les bons restaurants, dit-il.

– Il y en a beaucoup dans un quartier qu'on appelle « la Petite France », répondit-elle. Ce doit être par ici, sur la droite, si mes souvenirs sont exacts... »

Ils longèrent la rivière, s'arrêtèrent près

d'une écluse où l'eau bouillonnait avec de courtes et épaisses franges d'écume, puis reprirent leur marche lente parmi les maisons aux façades claires à colombage.

Ils réussirent à trouver une petite table libre dans un restaurant qui affichait « complet ». La salle, oblongue, surplombait l'Ill, que l'on distinguait par des fenêtres à petits carreaux. Sur chaque table brûlait une bougie.

« Ça ne vaut pas les lampes à pétrole, dit Gérard. Tu te rappelles?

– Oui... Ici, c'est moins discret, mais c'est bien aussi...

– Tu as faim?

– Oui. Très faim!

– Qu'est-ce que tu veux manger? Une bonne choucroute... Nous sommes en Alsace! »

Elle fit une moue :

« Je préférerais autre chose... Une autre spécialité...

– Choisis! dit-il en lui tendant le menu. Je prendrai comme toi. »

Elle jeta son dévolu sur un civet de lapin aux nouilles et un kougelhof, qu'ils arrosèrent d'une bouteille de riesling. Tandis qu'elle mangeait de bon appétit, il la couvait des yeux.

« Tu ne manges pas, dit-elle. Tu n'aimes pas?

– Si, si. Mais j'aime te voir manger... »

Elle rit.

« J'aime t'entendre rire aussi!

– Tu es fou! s'exclama-t-elle. Allons, mange!

– C'est drôle, je n'ai pas faim... Dis-moi, nous pourrons nous revoir bientôt?

– Mais nous sommes ensemble, dit-elle.

– Demain soir, à cette heure-ci, nous ne serons plus ensemble...

– Ne pense pas à demain... Il ne faut pas gâcher le moment présent!

– Quand te reverrai-je? reprit-il, têtu.

– Nous parlerons de cela plus tard...

– Plus tard..., chuchota-t-il songeur. Quand?

– Je ne sais pas... Après les vacances... Je pars cette semaine pour une dizaine de jours dans la Forêt-Noire, dit-elle. Mais toi?

– Oui, moi aussi. Tout le mois de juillet, en Bretagne... c'est chouette, la Bretagne, tu sais! »

Elle enchaîna sur ses vacances dans la forêt et la montagne, la perspective de longues marches sportives sac au dos, de haltes dans des auberges rustiques, l'attrait d'une vie simple et frugale.

La chaleur du repas avait légèrement rosi ses pommettes. Elle parlait, d'une voix égale et chaude, avec cet accent auquel Gérard trouvait un charme particulier, de vacances passées l'année précédente au bord de la Baltique, et d'autres encore, dans les forêts du Taunus. Elle disait qu'elle aimait l'eau et la montagne parce qu'elle était née au bord du Main entre deux massifs, l'Odenwald et le Spessart, qu'elle aimait la vie au grand air...

Gérard l'écoutait silencieusement, religieusement. Deux musiciens vinrent entre les tables chanter des airs américains en s'accompagnant à la guitare, puis firent la quête.

« Je n'aime pas cette musique », lui dit-elle.

Elle adorait Bach, Beethoven, Mozart. Elle allait souvent au théâtre et au concert. Elle lui parla du Festival de Bayreuth. Le son de sa voix exprimait une émotion réelle, communicative.

« J'aimerais voir tout cela avec toi... », dit Gérard, qu'une jalousie subite commençait à tenailler.

Il se sentait pauvre et sot. Il n'osait lui avouer qu'il ne connaissait guère tous ces grands musiciens, qu'il n'avait fait que perdre son temps à traîner dans les cinémas pour regarder des films idiots, des bagarres de western ou des histoires policières morbides.

Il changea brusquement de conversation.

« Tu n'as pas de photo, Johanna? demanda-t-il.

– Si répondit-elle. Pourquoi? Tu veux les voir?

– J'aimerais... »

Elle sortit d'un porte-cartes de cuir jaune une liasse de photographies et lui en tendit une.

« Celle-ci, c'est moi, à vingt ans. Près de moi, c'est ma mère et mon frère.

– Tu n'as pas changé, dit Gérard.

– Si, regarde celle-ci. C'est l'année dernière! »

Gérard contempla longuement le beau visage sérieux et songeur, les doux yeux en amande, la bouche large et gourmande.

« Tu me la donnes? » demanda-t-il.

Elle hésita un instant.

« Tu ne veux pas me la donner?

– Je veux bien, dit-elle. Tiens, sur celle-ci, c'est mon fils et mon mari, poursuivit-elle en lui montrant l'image d'un joli gamin perché sur les épaules d'un grand gaillard maigre au visage mâle et anguleux.

– Ils sont beaux, dit-il. Vraiment très beaux... »

La jalousie le mordait à nouveau.

Elle lui en tendit une autre.

« Là, c'est Noël il y a trois ans. C'est toute la famille. Chez nous, Noël est une grande fête.

– Chez nous aussi, tu sais... »

Elle rangea les photos. Gérard remarqua avec amertume qu'elle ne lui demandait pas si lui-même en possédait. Il était tard. Sur la table, la bougie était entièrement consumée. La salle était presque vide. Devant lui,

Johanna s'était tue. Entre eux, le silence s'épaississait.

Il vida son verre de vin blanc.

« Il est tard, dit-il. Si on rentrait... »

Quand ils reprirent le chemin de l'hôtel, la nuit était tombée depuis longtemps. Les rues étaient désertes. Ils croisèrent un homme ivre, qui titubait au milieu de la chaussée.

Ils ne parlèrent pas. Gérard hâta le pas pour tenter de dissiper ce malaise qui l'avait envahi depuis qu'elle lui avait montré les photos et pour retrouver au plus tôt l'intimité de la chambre, qui les rapprocherait à nouveau. Mais ce malaise était tenace.

Il lui demanda, à brûle-pourpoint.

« Dis-moi, Johanna, à part la musique classique, tu ne connais pas un air quelconque, qu'on chante souvent chez toi?

– Oui, dit-elle. En ce moment, on entend toujours cela. » Elle fredonna les premières mesures de *Bimbo.*

« Je connais, fit Gérard. On n'entend que ça, nous aussi, en ce moment. »

Il se mit à fredonner la chanson avec elle.

« Maintenant, cet air-là est à nous, murmura-t-il. Ne l'oublie pas. Moi, je ne l'oublierai jamais! »

Lorsqu'il rentra dans la chambre, elle

était étendue, nue, sur le lit. Elle avait laissé allumée l'une des deux lampes de chevet.

Il la caressa longtemps et la prit doucement, ainsi qu'elle le lui demandait. Tandis qu'ils faisaient l'amour, elle chuchotait à son oreille des mots sans suite en le serrant très fort, se scellant à lui tendrement.

Ils se levèrent tard, prirent dans la chambre un petit déjeuner copieux, puis allèrent faire une courte promenade. En chemin, Gérard se répétait avec angoisse que l'heure du départ approchait. Dès qu'ils auraient quitté le restaurant, il leur faudrait retourner à la gare, reprendre le train, chacun le sien, en sens opposé, vers la vie de tous les jours, morne, insipide. Mais la vie de Johanna était-elle si morne et insipide? Elle paraissait si riche, au contraire, remplie d'amis joyeux, de vacances agréables, du sourire d'un enfant, d'un mari...

De multiples questions lui brûlaient les lèvres : « Es-tu heureuse, Johanna?... Si tu es heureuse, pourquoi es-tu venue?... Veux-tu vraiment me revoir? »

Mais il n'osait pas, il retenait toutes ces questions par crainte d'être déçu, comme il retenait l'aveu qu'il avait une folle envie de lui faire par crainte de paraître romantique, ridicule.

Ils déjeunèrent dans un petit restaurant

d'une ruelle proche de la cathédrale. Attablées derrière eux, deux femmes âgées discutaient en dialecte alsacien.

« Tu les comprends? demanda Gérard.

– Un peu, bien que certaines expressions m'échappent... »

Ils mangèrent peu, lentement, comme conscients du temps qui passait et qui allait les séparer bientôt. Un heune homme mit un jeton dans un juke-box, au fond de la salle. Gérard reconnut un air en vogue.

« Ecoute! » dit-il à Johanna.

Une voix de femme répondait à un homme :

« *Tu t'en vas...*
J'ai peur de toi...
J'ai peur de moi...
J'ai peur du vide de l'absence... »

« Tu connais? » demanda-t-il.

Elle dit non de la tête. Il la fixait, remué par la chanson tendre et plaintive. Elle fuit son regard.

« Il est temps de s'en aller! » dit-elle.

Il l'accompagna dans le train. Son wagon était désert. Après avoir poussé son sac dans le filet à bagages, il s'assit face à elle. Il ne savait que dire, et il était trop ému pour parler. Une boule lui pesait dans la gorge. Johanna le regardait d'un air étrange, elle devait lire dans ses yeux comme dans un livre ouvert tout ce qu'il n'osait lui dire. Elle paraissait triste, elle aussi.

« Gérard, murmura-t-elle, il faut t'en aller. C'est l'heure dans quelques minutes...

– Oui... Oui... »

Elle l'embrassa du bout des lèvres et lui caressa les cheveux. Il sauta sur le quai, revint à la vitre qu'elle avait baissée.

« Johanna... A bientôt, Johanna! Ecris-moi! Je te téléphonerai! Au revoir... Au revoir!... »

Le train s'ébranlait doucement.

« Au revoir! » lança-t-elle en agitant la main.

Il resta le bras levé, comme frappé de stupeur, jusqu'à ce que le visage de Johanna penché à la fenêtre eût disparu. Lorsqu'il eut perdu de vue le dernier wagon, il regagna le buffet pour attendre le départ de son train.

Dans la salle bruyante, des hommes et des femmes buvaient des chopes de bière sur les tables de bois rectangulaires. Il les regardait comme dans un rêve. Johanna était devant lui, avec son corsage rouge et sa jupe écossaise, et elle murmurait à son oreille, comme au petit matin, des mots allemands qu'il ne comprenait pas et où revenait sans cesse : « Liebe... Liebe! »

IX

GÉRARD était à peine arrivé au bureau que Jean-Claude l'appela au téléphone.

« Tu as passé un bon week-end?

– Merveilleux!... Si tu savais... Je...

– A propos, coupa Jean-Claude, j'ai besoin de te voir. On peut casser la croûte ensemble ce midi?

– Si tu veux, dit Gérard.

– Alors, je passe te prendre à la banque. On ira à la pizzeria de l'autre jour!

– Entendu... »

Jean-Claude traversait la rue alors que Gérard franchissait la porte du bureau. Ils retrouvèrent l'établissement familier qui leur offrait, moyennant un prix honnête, une pizza ou le plat du jour, à leur convenance.

« Alors, ça s'est bien passé, si j'ai bien compris! lança Jean-Claude.

– Mieux que cela, murmura Gérard. Extraordinaire!...

– Ah! »

Jean-Claude observait attentivement Gérard tandis que celui-ci mastiquait, l'œil vague.

« Tu as une tête de déterré, lui jeta-t-il. Les voyages, ça ne te vaut rien!

– Je suis rentré très tard cette nuit, répondit Gérard avant de replonger dans un silence pensif.

– Tu ne me demandes pas ce que j'ai fait, moi? demanda Jean-Claude.

– Ah! oui... Tu es sorti?

– Exactement, mon vieux. Et avec Ghislaine...

– Ah!

– Ça ne te fait rien?

– Qu'est-ce que tu veux que ça me fasse?

– Je pensais que ça pouvait t'intéresser... »

Gérard ne répondit pas.

« Je suis sorti avec elle samedi et dimanche, reprit Jean-Claude. Nous sommes allés danser. Devine où? »

Gérard, les yeux fixes, le regardait sans le voir.

« Eh, dis donc, fit Jean-Claude. Tu m'écoutes? »

Gérard parut redescendre sur terre.

« Oui...

– On ne le dirait pas! Je te demandais de deviner où nous étions allés danser, Ghislaine et moi... »

Gérard haussa les épaules en signe d'insouciance.

« Nous sommes retournés dans la boîte où nous étions ensemble la semaine dernière!

– Ah! fit Gérard, indifférent.

– Nous n'avons pas tellement dansé. Je ne suis pas doué pour ce genre de sport... Mais nous avons beaucoup parlé. Dis-moi, qu'est-ce qu'elle t'a fait, Ghislaine?

– A moi? dit Gérard. Rien... Pourquoi?

– Pour que tu la fasses marcher comme tu le fais...

– Je la fais marcher, moi?

– Plus que ça. Tu la fais souffrir! »

Gérard ricana.

« Souffrir! Mais tu es dingue...

– Oui, mon vieux... Souffrir, je dis bien souffrir. Et je trouve ça dégueulasse... Elle me harcelle de questions, et moi je ne sais pas quoi lui dire, je ne peux rien lui dire, je ne veux rien lui dire pour ne pas lui faire de la peine. »

Et, comme Gérard ne bronchait pas, il poursuivit en haussant le ton :

« Et j'en ai marre de lui mentir!

– Tu n'as pas besoin de lui mentir. Tu n'as qu'à tout lui dire!

– Quoi? fit Jean-Claude stupéfait. Mais tu ne te rends pas compte. Ça va lui faire mal, tu sais...

– Ça alors, je m'en contrefous!

– Tu es vache, fit Jean-Claude cinglant. Tu la dragues, tu sors avec elle, et tu la laisses tomber comme...

– Elle t'a chargé de me dire tout ça? coupa Gérard froidement.

– Non, mais tu rigoles. Elle ne m'a chargé de rien du tout...

– Alors, de quoi tu te mêles?

– Dis donc, il me semble que ça me regarde. Ghislaine est une fille sympa, une bonne copine...

– Et alors? fit Gérard.

– Alors, je trouve ça dégueulasse...

– Je sais, tu me l'as déjà dit. Mais c'est ainsi, je n'y peux rien!

– Au fond, cela vaut peut-être mieux, dit Jean-Claude. Comme ça, elle va s'apercevoir de ce que tu es...

– Et qu'est-ce que je suis, selon toi? demanda Gérard piqué.

– Un beau salaud! »

Gérard éclata de rire. Lorsqu'il se rendit compte que Jean-Claude ne plaisantait pas, son visage se figea.

« Jean-Claude, dit-il lentement, je crois que tu ferais mieux de laisser tomber ça là, de t'occuper de tes affaires, et pas des miennes!

– Tes affaires ne m'intéressent pas, répliqua Jean-Claude. Je me fiche pas mal que tu baises une femme de qualité. Des femmes comme ça qui veulent s'offrir un extra de temps en temps, il y en a des quantités. Ça n'a rien d'extraordinaire... »

Les traits de Gérard se durcirent.

« Tais-toi! » dit-il violemment.

Jean-Claude poursuivit, sans lui prêter attention.

« Une femme de quinze ans plus âgée que toi, casée, mère de famille, étrangère... Et tu crois que ça va durer? Mais tu dérailles complètement, mon pauvre vieux!

– Cela ne te regarde pas, dit Gérard. Occupe-toi de tes oignons!

– Oh! Je voulais seulement t'éviter de faire des conneries! rétorqua Jean-Claude.

– Je ne t'ai rien demandé, fit Gérard aigrement. C'est une affaire personnelle... Personnelle, tu entends! Et si tu veux tout savoir, je l'ai revue et je la reverrai. Je vais aller en Allemagne... »

Jean-Claude secoua désespérément la tête.

« C'est dingue... Complètement dingue! » souffla-t-il.

Gérard ne répondit pas, l'air buté.

« J'ai déjà vu des mecs marcher à côté de leurs pompes, dit Jean-Claude gouailleur, mais à ce point-là, jamais!

– Fous-moi la paix! grogna Gérard. Tu me casses les pieds. Je n'ai besoin de personne pour me faire la morale, et surtout pas de toi... Et si Ghislaine t'intéresse tant que ça, tu n'as qu'à te l'envoyer. Comme ça, je vous aurai peut-être un peu moins sur le dos, tous les deux! »

Jean-Claude blêmit, se pencha par-dessus la table et saisit Gérard par la cravate.

« Tu es encore plus salaud que je ne pensais, lui souffla-t-il au visage, les dents serrées. Tu mériterais que je te casse la gueule! »

Gérard ne broncha pas. Des clients les regardaient, l'air intrigué. Jean-Claude se rassit, sortit son portefeuille d'une main tremblante.

« Ne t'occupe pas de l'addition, c'est moi qui t'ai invité! » dit-il livide.

Après qu'il eut réglé à la caisse, il passa devant la table où Gérard était resté accoudé, le visage renfrogné, jeta sur lui un regard méprisant et gagna la sortie.

Gérard le suivit des yeux.

« Il m'en veut à mort, ce con... De quoi se mêle-t-il? S'il croit que j'ai besoin de lui, il se goure! »

Il commanda un café et alluma nerveusement une cigarette. Il avait largement le temps de rentrer au bureau, où il passerait encore quelques jours avant son départ en vacances. Les vacances... Binic... Cela lui était égal, tout lui était éperdument égal. Il n'irait peut-être même pas à Binic, il irait en Allemagne retrouver Johanna. Elle pourrait bien s'échapper de temps à autre pour venir le voir. Il se contenterait de passer quelques heures avec elle chaque jour. Il allait apprendre l'allemand, il ferait de rapides progrès, il ne lui dirait rien, il lui en ferait la surprise... Oui, il la rejoindrait bientôt, elle ne refuserait pas sa proposition. A la gare de Strasbourg elle n'avait pas dit « adieu », mais « au revoir ». Il n'était pas fou. C'était Jean-Claude qui ne comprenait pas, qui ne comprenait rien à rien. D'ailleurs, personne ne le comprenait, ni Jean-Claude, ni son père, ni Ghislaine. Personne!...

Dans la rue ensoleillée, il marcha les yeux baissés pour ne pas voir les passants. La ville lui paraissait laide, fermée, hostile. Il entra dans une librairie pour acheter un Assimil d'allemand et regagna le bureau en feuilletant les pages du livre. Cela semblait facile. En quelques jours, il pourrait se débrouiller convenablement. Et pendant les vacances, Johanna lui donnerait des leçons, lui ferait faire de rapides progrès. Il sourit... A cette heure, elle devait penser à lui en apprenant le français à l'un de ses jeunes élèves...

Le lendemain matin, il arriva en retard à la banque. Il n'avait pu résister à son désir de téléphoner à Johanna. Au bureau de poste, il avait dû attendre qu'une cabine fût libre en maudissant les gens qui n'en finissaient pas de bavarder.

Johanna n'était pas chez elle. Il avait fait en vain plusieurs tentatives et, l'heure passant, il avait dû renoncer, la mort dans l'âme. Il avait travaillé à contrecœur, d'une humeur massacrante avivée par la réprimande qu'il avait reçue de son chef de bureau.

A midi, il courut de nouveau à la poste et attendit anxieusement la communication.

« Helmster!

– Allô, Johanna! Bonjour!

– Allô...

– Bonjour, Johanna. C'est Gérard!

– Ah, c'est toi...

– Oui. Comment vas-tu? Je t'ai appelée ce matin...

– J'étais sortie toute la matinée, j'étais faire des achats pour les vacances...

– Justement, au sujet des vacances, j'ai une idée!

– ...

– Si j'allais à Francfort... te rejoindre...

– Non. Ce n'est pas possible...

– Mais si, c'est très possible! »

Il y eut un silence prolongé. Gérard craignit que la communication ne fût coupée.

« Allô, tu m'entends?

– Je t'entends...

– Alors?

– Mais comment feras-tu? tu ne parles pas un mot d'allemand...

– Aucune importance, je me débrouillerai!

– Non, je ne pourrai pas te voir. Je ne suis pas seule...

– Seulement quelques heures par jour!

– Non!

– Une fois seulement de temps en temps, si tu veux...

– Non... Ce n'est pas possible, je te dis!

– Mais oui. Tout est possible!

– Tu ne te rends pas compte... Ce n'est pas raisonnable...

– Tu ne veux pas me revoir?

– Ce n'est pas cela... Mais...

– Si tu veux me revoir, c'est la solution!

– Non, il ne faut pas... Enfin, pas tout de suite...

– Ecoute, Johanna, écoute-moi. Tu vas réfléchir à ma proposition. Je te rappellerai demain!

– Non, pas demain, je serai absente toute la journée...

– Bon! Alors, après-demain jeudi. Je dois partir en vacances vendredi soir avec mon père. Je lui dirai que j'ai changé d'avis. Et je serai à Francfort samedi après-midi!

– Je ne sais pas si je serai seule jeudi...

– Je verrai bien. Si ce n'est pas toi, je raccroche. Alors, à jeudi, même heure?

– Ce n'est pas raisonnable. Il vaudrait mieux attendre...

– Pas possible! Je te rappelle jeudi. O.K. Johanna?

– Si tu veux, dit-elle après une longue hésitation.

– Bon... Alors, au revoir Johanna. Je t'embrasse!

– Au revoir... »

Il raccrocha, perplexe, vaguement inquiet. Les hésitations, les atermoiements de Johanna ternissaient sa joie. Pour renforcer la conviction qu'elle tenait à lui, il se remémorait les mots qu'elle prononçait à voix basse dans la fièvre de l'amour, la douceur de leurs caresses.

« Mais qu'est-ce que j'ai? se demanda-t-il. Je suis malade, complètement malade! Il va falloir que je réagisse... Est-ce que Jean-Claude n'aurait pas un peu raison?... Mais non, Jean-Claude n'y connaît rien... Si seulement je pouvais la voir quelques jours, je saurais où j'en suis! Oui, il faut que je la rencontre, qu'elle le veuille ou non... »

« Tiens, tu es déjà rentré, p'pa? fit Gérard.

– Oui, je suis revenu directement de chez un client de Villeneuve.

– Ah bon!

– Et toi, ça va? demanda Louis Villa. Pas trop fatigué?

– Non, ça va! répondit Gérard.

– Je trouve que tu n'as pas bonne mine... »

Tout au long du repas, son père s'enquit de la santé de Gérard, de son travail, de ses sorties avec Jean-Claude et Ghislaine. Surpris de ces subites marques d'intérêt, Gérard répondait laconiquement. Qu'avait donc son père? Il avait l'air préoccupé. Il lui avait demandé s'il sortait ce soir alors qu'il savait bien qu'il ne sortait quasiment jamais dans le courant de la semaine.

« Et toi, tu sors? Tu n'as pas de tournoi, ce soir? demanda Gérard.

– Non. Pas ce soir. Ni cette semaine. Il faut préparer nos bagages. Nous partons vendredi soir, ne l'oublie pas! »

Gérard se demanda quelle réaction aurait son père lorsqu'il lui annoncerait jeudi soir sa décision de ne pas partir avec lui.

« Bof, se dit-il. Au fond, il s'en fout! »

« A propos, jeta Louis Villa d'un air faussement détaché, au sujet des vacances, j'ai quelque chose à te dire... On va dans le salon?

– Au salon? dit Gérard, surpris. Pourquoi au salon?

– On sera mieux pour parler. J'ai un certain nombre de choses à te dire.

– Ah! »

Ils passèrent au salon. Louis Villa se servit un digestif, alluma un cigare et s'assit dans son large fauteuil. Il avait pris un visage grave et tendu. Jamais Gérard ne l'avait vu ainsi depuis la mort de sa mère.

« Qu'est-ce qu'il me veut? se demanda-t-il, intrigué. Saurait-il quelque chose à propos de Johanna? Non, c'est ridicule, comment pourrait-il savoir... Par Jean-Claude? Impossible! Jean-Claude est incapable de me faire un coup pareil... »

« J'avais l'intention de te parler depuis quelque temps, commença Louis Villa, mais on ne s'est pas beaucoup vu ces jours-ci. »

Gérard eut un signe d'acquiescement. Son père souffla une bouffée de fumée.

« Je voulais te dire que je connais quelqu'un... Une dame... Et que cette dame va venir en vacances à Binic...

– Je vois, murmura Gérard. Peux-tu me donner un petit digestif? »

Son père le servit sans mot dire. Gérard but à petits coups, prolongeant un silence pesant.

« Alors? demanda Louis Villa.

– Alors quoi?

– Qu'est-ce que tu en penses?

– Cette personne va venir à Binic avec toi... avec nous... dans la maison?

– Non... Enfin, nous serons très souvent ensemble... »

Gérard fixa son père, qui semblait quêter son approbation. Ainsi, il avait une femme dans sa vie. Il s'en doutait. Les absences répétées et prolongées de celui-ci, son air distrait, préoccupé... C'était donc cela!

Une pensée fulgurante lui traversa l'esprit : sauter sur cette occasion inespérée pour refuser d'aller en Bretagne et partir pour l'Allemagne.

« Dans ce cas, dit-il lentement, je crois qu'il vaudrait mieux que je ne t'accompagne pas...

– Pourquoi? dit Louis Villa étonné.

– Je ne voudrais pas vous gêner!

– C'est ridicule! En quoi nous gênerais-tu? Au contraire. Cela vous permettrait de faire connaissance!

– Tu as des projets avec... cette dame? reprit Gérard.

– Oui... Elle est libre...

– Ah!

– Elle est plus jeune que moi... Trente-cinq ans. Elle est divorcée, avec deux enfants, deux garçons, dix ans et sept ans... »

Gérard pensa à Johanna. La femme dont lui parlait son père avait le même âge. Cela lui causait une impression étrange. Son père voulait refaire sa vie avec une femme de dix ans plus jeune que lui. Certes, il était encore séduisant, mais tout de même...

Il tendit son verre.

« Veux-tu m'en redonner un peu? demanda-t-il.

– Alors? reprit Louis Villa en lui versant une rasade d'alcool.

– Je préfère ne pas venir avec toi, dit Gérard après un temps de réflexion.

– Mais c'est idiot, s'emporta Louis Villa. Il faudra bien que tu la rencontres un jour ou l'autre!

– Laisse-moi m'habituer à cette idée...

– Je ne comprends pas. Vraiment, je ne comprends pas... »

Louis Villa regardait son fils d'un œil navré. Gérard sentit un flot de colère et de rancœur s'enfler en lui et s'y laissa emporter sans plus réfléchir.

« Tu as déjà oublié maman? dit-il perfidement.

– Tu es fou! » s'écria son père.

Gérard garda les yeux baissés.

« Ne sois pas injuste, reprit Louis Villa. Ta mère est morte depuis six ans. Je ne l'ai pas oubliée, mais je suis encore jeune et tu voles de tes propres ailes. J'ai le droit de songer à refaire ma vie...

– Oh! Je ne te le conteste pas...

– Alors...

– Alors, si tu songes à refaire ta vie de ton côté, moi je peux songer à faire la mienne comme je l'entends... Et je n'ai pas envie de te suivre à Binic...

– Mais tu n'es pas obligé d'être avec moi.

– Je sais... Tu seras avec cette personne.

– Tu seras avec Jean-Claude et Ghislaine Laubert, poursuivit Louis Villa.

– Je me fiche de Jean-Claude et de Ghislaine, répliqua violemment Gérard. D'ailleurs, Jean-Claude ne viendra pas...

– Ah! fit Louis Villa, déconcerté, tu m'avais pourtant dit...

– Il a changé d'avis, coupa Gérard.

– Mais qu'est-ce que tu comptes faire pendant tes vacances?

– Qu'est-ce que ça peut te faire? explosa Gérard. Je suis libre, non? Majeur! Tu ne voudrais pas que je me confesse, par hasard! Est-ce que je te demande des confidences, moi?... Tu as ta vie à toi, c'est bien ton droit après tout, et je m'en fous complètement. Mais moi, j'ai ma vie à moi, à moi seul, tu entends, et j'en ai ras le bol des gens qui s'occupent des autres. Moi, je ne m'en occupe pas, des autres. Je ne leur demande rien. Rien d'autre que de me foutre la paix!

– Mais qu'est-ce qui te prend? cria Louis Villa. Si c'est à cause de cette dame, tu...

– Je t'ai dit que je m'en fous, de cette dame. Comme je me fous de tes tournois, de la vie que tu mènes, honorable et tout... Ce n'est pas mon problème!

– Ne sois pas idiot! Réfléchis un peu! Je t'ai parlé de cette dame parce que je croyais que cela t'intéresserait... »

Gérard eut un rire moqueur.

« Tu croyais, tu croyais... Eh bien, non, cela ne m'intéresse pas. Rien ne m'intéresse de cette vie de con que je mène ici. Rien! Et j'en ai ras le bol de tout ça!... »

Louis Villa sauta de son fauteuil, rouge de colère.

« Ça suffit, Gérard! hurla-t-il. J'en ai ras le bol, moi aussi! Ah, monsieur ne s'intéresse à rien, monsieur en a ras le bol... Eh bien, vas-y, fiche le camp, va vivre ta vie, pauvre idiot! Parce que j'en ai marre de tes foucades, de tes sautes d'humeur... Je pensais que tu avais l'âge de raison, mais je me suis trompé. Tu abandonnes tes études sur un coup de tête, tu refuses de connaître la femme avec laquelle je compte refaire ma vie, et tu as le culot de me lancer à la figure le souvenir de ta mère... Et puis quoi encore? Qu'est-ce que tu crois? Que j'attends ton avis pour prendre des décisions? Je te l'ai demandé parce que je l'estimais nécessaire, pour toi comme pour moi. Mais tu n'es qu'un petit blanc-bec qui n'a rien compris et qui ne sait rien de la vie... Je me passerai de ton avis. Et maintenant, si tu en as marre de cette existence bourgeoise que tu mènes, tu n'as qu'à en changer, et vite. Car je ne te permettrai pas de cracher dans la soupe!... »

Gérard se leva avec une lenteur voulue.

« O.K.! Je m'en vais. Laisse-moi seulement quelques jours, le temps de me retourner. »

Louis Villa ne répondit pas. Il se versa une rasade d'alcool d'une main tremblante et la but d'un trait.

Gérard jeta sur son père un regard dénué d'expression, lui tourna le dos et sortit en refermant sèchement la porte derrière lui.

Alors qu'il allait se coucher, Louis Villa l'appela pour lui dire que Ghislaine le demandait au téléphone. Il prit l'appareil en grommelant. Au bout du fil, la jeune fille était pleine d'une joyeuse excitation.

« Salut, Gérard, lui lança-t-elle. J'espère que tu ne m'en voudras pas de t'appeler si tard, mais je ne pouvais pas attendre. Je suis reçue, tu sais !

– Ah !...

– Et avec mention... Mention bien ! Tu te rends compte... N'oublie pas de le dire demain à Jean-Claude !

– Dis-le-lui toi-même !

– Non, dis-le-lui, toi ! Et nous pourrions nous retrouver demain soir à la sortie de votre bureau. Je vous offre l'apéritif !

– Impossible ! dit Gérard.

– Mais pourquoi ?

– Jean-Claude n'est plus mon copain !

– Quoi ?

– ...

– Et les vacances? demanda-t-elle après un silence.

– Il ne vient pas avec moi...

– Mais toi, tu vas à Binic... Je te vois là-bas, fit-elle.

– Non, je ne crois pas.

– Qu'est-ce que tu fais?

– Je ne sais pas!

– Comment? Tu dois partir après-demain et tu ne sais pas ce que tu vas faire... Tu te moques de moi!

– Je te dis que je ne sais pas!

– Ce n'est pas la peine de mentir, tu sais, et...

– Je ne mens pas, coupa Gérard. Et puis tu me fatigues avec toutes tes questions. Crois ce que tu veux, cela m'est égal. Et surtout, fiche-moi la paix! »

Il raccrocha sèchement. Que Ghislaine aille donc demander des détails à Jean-Claude. Quant à lui, il voulait qu'on le laissât en paix, qu'on ne s'occupât plus de lui.

Il rentra de mauvaise humeur dans sa chambre et s'enfouit sous ses draps en pensant de toutes ses forces à Johanna, qu'il allait revoir dans quelques jours.

X

« ALORS, demanda Louis Villa, que vas-tu faire pendant tes vacances? »

Gérard haussa les épaules.

« J'espère que tu es calmé, maintenant! » dit Louis Villa.

Gérard leva les yeux sur son père, qui allumait nerveusement un cigare et s'assit, les jambes molles. Calmé! Plus que cela. Il n'avait envie de rien. Ce midi, il n'avait pas pu réussir à convaincre Johanna. Celle-ci lui avait répété que son idée de venir à Francfort était déraisonnable et, comme il insistait, elle lui avait brusquement jeté, d'un ton affolé.

« Gérard, j'entends mon mari qui rentre... Ne viens pas... Il ne faut pas... Attends! Ecris-moi, ou rappelle-moi la semaine prochaine! »

Et elle avait raccroché avant qu'il eût pu répondre.

Louis Villa tira sur son cigare et lâcha une bouffée de fumée.

« Je crois que nous nous sommes un peu emportés hier soir, dit-il. C'est idiot, non?

– Oui, fit Gérard.

– Mes paroles ont sans doute dépassé ma pensée. Mais c'est un peu ta faute, aussi... Qu'est-ce qui t'a pris? »

Gérard hocha silencieusement la tête. Son père le fixait, l'œil interrogateur. Et, comme il ne répondait pas, Louis Villa poursuivit, gêné :

« Allez, ça va! N'en parlons plus...

– Oui, n'en parlons plus, répéta Gérard. C'est ça, n'en parlons plus!

– Bon! Je préfère ça... Alors, pour tes vacances, tu ne sais toujours pas? »

Gérard le regarda, l'air absent.

« Les vacances... Ah! oui, les vacances! Non, je n'ai rien prévu, pour le moment...

– Alors, tu ne veux toujours pas venir à Binic? »

Gérard alluma lentement une cigarette. Binic ou ailleurs... Quelle importance, puisque Johanna ne voulait pas qu'il la rejoignît...

« Oh, je veux bien, dit-il, mais je ne sais pas si j'y resterai longtemps. En tout cas, pas le mois tout entier...

– Tu partiras quand tu voudras, dit Louis Villa. Pour l'instant, songe à préparer ta valise, car nous partons demain soir! »

Ils quittèrent la région parisienne au début de la soirée, dans la foule des vendredis. L'encombrement et les ralentissements brusques de la circulation ne semblaient faire aucun effet sur Louis Villa, qui manifestait une excellente humeur, sifflotait entre ses dents en pianotant sur le volant, puis allumait un cigare qu'il dégustait avec volupté.

Près de lui, Gérard restait plongé dans un silence maussade. Chaque minute, chaque kilomètre l'éloignait de Johanna. Quand ferait-il ce chemin en sens inverse pour se rapprocher d'elle, la retrouver enfin?

« Ma parole, tu es épuisé, tu dors même les yeux ouverts! » jeta soudain Louis Villa.

Gérard sursauta. Son père l'observait avec attention.

« Tu as vraiment mauvaise mine, ajouta-t-il. Ça ne va pas?

– Ça va, répondit Gérard. Un peu fatigué, c'est tout!

– L'air de la mer te fera du bien. Quelques jours suffiront pour te refaire une santé. A ton âge, on est résistant, on récupère vite! Ah, je voudrais avoir ton âge...

– Et savoir ce que je sais..., poursuivit Gérard. J'ai déjà entendu ça quelque part. Mais c'est ridicule. Comme si l'on ne savait rien parce que l'on n'a pas vingt ans! Il y a des choses que nous savons, et que vous ne savez pas, ou que vous ne savez plus...

– Qu'est-ce qui te prend? fit Louis Villa interloqué. Je n'ai jamais songé à juger les jeunes en disant que... »

Il s'interrompit.

« Depuis quelque temps, tu me parais bien susceptible, dit-il. Si quelque chose ne va pas, tu pourrais me le dire... C'est à cause de cette dame dont je t'ai parlé, peut-être?

– Mais non, mais non! fit Gérard.

– Je préfère cela. Tu verras, c'est une personne très bien. Je vais te la présenter dès demain, si tu veux. Elle est arrivée hier à Binic. J'aimerais qu'elle te connaisse, et que tu la connaisses toi aussi. Elle est divorcée, mais elle a une bonne situation dans... »

Gérard écoutait parler son père sans l'entendre. Ses propos avaient brusquement ravivé dans sa mémoire le souvenir de Johanna. Johanna n'était pas divorcée, elle, et elle ne tenait pas à le revoir tout de suite, elle avait sa vie à elle, elle lui avait dit à Paris qu'elle aimait son mari. Celui-ci était un bel homme de quarante ans, il avait une excellente situation, elle devait être heureuse avec lui... Jean-Claude avait peut-être raison lorsqu'il avait dit qu'il n'était pour Johanna qu'une aventure sans lendemain...

« Je ne t'intéresse pas? fit Louis Villa. Tu ne m'écoutes pas...

– Mais si, je t'écoute...

– On ne le dirait pas! Tu as l'air d'être ailleurs.

– Je t'ai déjà dit que je suis fatigué! »

Louis Villa hocha la tête et ne fit pas de commentaire. Gérard retomba dans son mutisme. Les yeux fixés sur la route, droit devant lui, il essayait de chasser l'image de Johanna qui revenait obstinément, puis se laissait aller à une morne somnolence.

La nuit était tombée depuis longtemps quand ils arrivèrent. Gérard retrouva sans surprise et sans enthousiasme l'appartement où ils avaient séjourné l'année précédente. Louis Villa avait tout prévu. Tout était en ordre. Las et cafardeux, Gérard gagna sa chambre et sombra rapidement dans un épais sommeil.

« Tu viens avec moi cet après-midi? demanda Louis Villa pendant qu'ils déjeunaient dans la petite salle de séjour dont les deux fenêtres ouvraient sur la mer, qu'on voyait scintiller au loin.

– Où vas-tu? fit Gérard.

– Simplement sur le port... Je dois y rencontrer qui tu sais et je voudrais vous présenter, je te l'ai dit...

– Si tu y tiens...

– Mais oui, j'y tiens. Enfin, comprends-moi, Gérard! »

Gérard esquissa une moue de lassitude. Il

n'avait aucune envie de discuter, d'entendre son père lui expliquer, tenter de se justifier. Il n'avait rien, absolument rien contre cette femme qui était entrée dans la vie de Louis Villa et qui allait la remplir pour l'en rejeter, lui, Gérard. Cela lui était indifférent. Tout lui était indifférent, cet appartement, ce port, ces gens qu'il avait aperçus le matin et qu'il apercevrait chaque jour, cette femme et ces enfants qu'il allait connaître, que son père tenait à lui faire connaître.

« O.K., p'pa, je viendrai avec toi! »

Ils partirent aussitôt après le déjeuner, longèrent l'esplanade de la plage où des centaines d'estivants se doraient déjà au soleil, et arrivèrent près du port minuscule empli de voiliers aux coques multicolores.

« Mme Chenais... Mon fils, Gérard! » dit Louis Villa.

Gérard se leva.

« Enchanté... »

La femme lui tendit la main et dit en souriant :

« Très heureuse de vous connaître... Votre père m'a beaucoup parlé de vous...

– Et voici Ludovic et Daniel », poursuivit Louis Villa en présentant un garçon au visage semé de taches de rousseur et un autre, plus petit, aux cheveux longs et aux traits fins de fillette.

Ils prirent place autour de la table où Gérard et son père buvaient un café en les attendant. Pendant que son père commandait des consommations, Gérard observait discrètement Jacqueline Chenais. Elle était grande, bien faite, distinguée, avec un teint mat, des yeux sombres et des cheveux d'un noir de jais.

« Vous êtes bien installée, Jacqueline? demanda Louis Villa.

– Très bien... C'est mieux que je n'attendais! dit-elle.

– C'est parfait. Quant à nous, nous sommes arrivés cette nuit, assez fatigués, je dois dire... »

La conversation continua sur le temps et quelques projets de sortie dans les environs. Jacqueline Chenais parlait d'une voix douce, au timbre légèrement voilé. De temps à autre, elle jetait sur Gérard un bref regard. Celui-ci se taisait et fixait le quai encombré de voitures et de promeneurs.

« Si Johanna était ici, ce serait merveilleux. Elle serait assise à la place de Jacqueline Chenais et son petit garçon serait près d'elle, comme ce petit Daniel est auprès de sa mère... Le fils de Johanna est-il aussi turbulent que celui-ci, qui ne cesse de gigoter sur sa chaise et souffle dans la paille pour faire des bulles à la surface de son verre?... Il est mal élevé, ce gosse, trop gâté, sans doute... »

Louis Villa ne prêtait pas attention à Gérard perdu dans ses pensées et faisait les frais de la conversation. Jacqueline Chenais lui répondait d'un ton posé, avec un éternel sourire qui lui plissait le menton.

Elle se tourna légèrement vers Gérard et risqua :

« Vous êtes seul, ici, monsieur?

– Appelez-le donc Gérard! dit Louis Villa, puisque vous vous connaissez maintenant. »

« Je ne la connais pas et je ne veux pas la connaître », se dit Gérard, qu'une subite mauvaise humeur gagnait.

« Non, madame, je suis avec mon père! »

Il y eut un silence gêné.

« Ce n'est pas ce que je voulais dire, reprit-elle. Vous avez sûrement des amis de votre âge...

– Evidemment, intervint Louis Villa. Nous avons fait ici des amis il y a trois ans. Nous allons sûrement les revoir, ils viennent chaque année... Je suppose que tu vas retrouver Ghislaine? ajouta-t-il en se tournant vers Gérard. A propos, elle a dû passer son bac... Elle doit avoir réussi, car c'est une brillante élève, paraît-il. Tu ne le sais pas, Gérard?

– Oui, elle est reçue... Mention bien...

– Tu ne me l'avais pas dit!

– J'avais oublié!

– Eh bien, j'espère qu'elle ne va pas tarder, dit Louis Villa, car tu n'as pas l'air très gai... Mais, peut-être que tu t'ennuies d'elle? » poursuivit-il avec un sourire complice.

Gérard pâlit. Sa mauvaise humeur se transformait peu à peu en une colère qu'il avait peine à refréner. De quoi se mêlait son père? Qu'il s'occupe de ses propres problèmes sentimentaux et qu'il le laisse en paix!

Il repoussa sa chaise et se leva.

« Excusez-moi! dit-il d'un ton sec en s'adressant à Jacqueline Chenais, je dois partir.

– Gérard! lança Louis Villa.

– On m'attend... »

Il les quitta sans plus d'explications.

Jacqueline Chenais interrogea Louis Villa du regard. Celui-ci haussa les épaules.

« Je ne sais pas ce qu'il a, dit-il pensivement. Il est terriblement nerveux et agressif depuis quelque temps. »

Gérard marcha à grands pas jusqu'à l'appartement, prit son cyclomoteur pour aller à Saint-Brieuc téléphoner à Johanna. C'était samedi après-midi et il risquait de ne pas la trouver ou de trouver quelqu'un d'autre chez elle, mais tant pis, il n'y pouvait plus tenir.

Il roula à toute vitesse jusqu'à la ville, faillit rater un virage dans la descente du Légué, et attendit longtemps, en vain, sa communication. Déçu et rageur, il rentra, jeta sa machine dans le garage et repartit vers la mer. Il avait besoin de marcher pour calmer sa colère, pour soulever ce poids qui lui broyait l'estomac. Il retrouva l'esplanade, le port, passa sans le regarder devant le café où il était au début de l'après-midi avec son père et Jacqueline Chenais, grimpa l'escalier qui menait au chemin creusé au flanc de la falaise et marcha longtemps, d'un pas rapide et nerveux. Fatigué, il s'assit dans l'herbe sauvage et maigre, au bout d'un promontoire abrupt. Au loin, une falaise piquait du nez dans la mer. Sur sa gauche, des voiles blanches semblaient faire une ronde.

La tête vide, il resta longuement à contempler la brume qui envahissait la mer et faisait peu à peu disparaître les hautes falaises de la côte.

Gérard traînait, comme chaque jour, son ennui de la plage au port lorsqu'il aperçut, contre le mur de la jetée où de paisibles estivants se chauffaient au soleil à l'abri du vent du large, un groupe de garçons et de filles qui discutaient avec animation. Quand il reconnut Ghislaine au milieu d'eux, il eut envie de faire demi-tour. Mais Ghislaine le regardait.

Gêné, il continua de s'avancer vers les jeunes gens. Il dirait bonjour à Ghislaine, elle lui présenterait ses copains, il saluerait tout le monde et il s'esquiverait. Ghislaine était assez intelligente pour comprendre tout de suite qu'il ne désirait pas s'intégrer à la bande.

Elle tenait à la main un sac de plage qu'elle balançait d'un mouvement régulier en souriant aux paroles qu'un grand garçon maigre aux longs cheveux blonds, raides et pendants, lui murmurait à l'oreille. Elle était vêtue d'un jean délavé et d'un pull collant qui moulait étroitement son buste.

Lorsqu'il arriva à la hauteur du groupe, Ghislaine lui tourna ostensiblement le dos. Il poursuivit son chemin, l'air indifférent. Derrière lui, des rires fusaient en cascade.

« Qu'est-ce qu'elle croit, cette idiote, maugréa-t-il. Qu'elle sorte avec qui elle veut, je m'en fous! Mais elle pourrait au moins être polie!... »

Il se souvenait vaguement qu'il lui avait répondu d'une manière quelque peu cavalière, mais cela n'excusait pas cette attitude. Que Ghislaine aille au diable, comme Jean-Claude, et qu'il reste seul, c'était tout ce qu'il désirait...

Il flâna jusqu'au bout de la jetée et revint sur ses pas. Les garçons et les filles de la bande étaient assis ou accroupis les uns près des autres, adossés à la haute paroi de granit. Il passa tout près d'eux, très lentement, en évitant de leur jeter le moindre regard.

Appuyé contre un des rochers déchiquetés qui s'avançaient dans la mer, Gérard regardait l'horizon d'un air maussade. Le ciel et la mer, d'un gris uniforme, se confondaient au loin. Des mouettes planaient lentement au-dessus de l'immense étendue de sable que la marée avait découverte. Bien qu'il se fût éloigné de la plage, il percevait, de temps à autre, quelques cris portés par une saute de vent.

L'été s'annonçait incertain. A des journées ensoleillées succédaient brusquement des heures d'un crachin qui noyait la ville, le port, les plages dans une sorte de brume tenace, persistante. Et puis le vent lavait le ciel de tout son gris et le soleil brillait de nouveau, faisait la mer bleue et pleine de reflets changeants.

Gérard ouvrit le livre qu'il avait acheté le matin dans une librairie de Saint-Brieuc, après la communication téléphonique où Johanna avait, une nouvelle fois, refusé de le revoir tout de suite. Il avait pris le bouquin au hasard, dans la rangée multicolore qui s'étalait devant ses yeux. Le hasard...

Gérard était-il donc toujours prisonnier du hasard? Ce livre de Paul Guimard dont il contemplait la couverture (un fin visage de jeune fille aux cheveux blonds, aux yeux bleus et à la bouche charnue sur fond de ciel bleu et de maisons grises), l'avait-il saisi machinalement, ou parce qu'il lui rappelait le quartier de Paris où il allait, depuis quelque temps, téléphoner à Johanna?

Un coup de vent tourna la page dont il venait de lire la première ligne. « ... Une fois de plus Julien Legris remua des idées d'évasion... » Gérard referma le livre. Ainsi, il n'était pas le seul à vouloir s'évader. D'autres que lui étaient tristes et malheureux. C'était vrai dans les romans comme dans la vie. La vie n'était pas gaie, à Paris comme ici, au bord de la mer. Les vacances n'avaient aucun sens. Les jours étaient longs, interminables, les nuits peuplées de mauvais rêves, de réveils en sursaut, coupées de longues insomnies au cours desquelles il ressassait sans arrêt ses dernières conversations avec Johanna.

Depuis une semaine, il lui avait téléphoné trois fois, après de longues attentes. Toujours, Johanna lui avait répondu de même : « Il ne faut pas... Ce n'est pas possible, il faut attendre... »

Attendre... Il ne faisait que cela tout au long des jours et des nuits. Il n'était qu'attente, comptait les heures qui s'écoulaient si lentement et le séparaient de la prochaine conversation où, peut-être, Johanna accepterait enfin de le revoir.

Il avait écrit plusieurs lettres auxquelles elle n'avait pas répondu, faute de temps, disait-elle.

L'impatience le rongeait. Toute présence lui devenait rapidement insupportable. Il fuyait les estivants béats et insouciants qui se prélassaient ou s'exhibaient sur la plage et parlait à peine à son père depuis que celui-ci lui avait violemment reproché son impolitesse envers Jacqueline Chenais. Chaque jour, il partait pour de longues randonnées dans la campagne sur son cyclomoteur, ou pour des promenades moroses sur les grèves désertes du matin, respirant à pleins poumons le vent de mer qui lui fouettait le visage pour tenter de dissiper ce trouble qui ne le quittait pas et qui lui serrait l'estomac à lui faire mal.

Il lui arrivait parfois de regretter l'absence de Jean-Claude, auquel il aurait pu confier son angoisse. Mais Jean-Claude n'aurait pas pu comprendre ce qui lui arrivait, n'aurait pas pu croire à cette fièvre qui le dévorait, et il se serait moqué de lui...

Seule, sa mère, si elle avait été vivante... Mais elle était morte, depuis longtemps disparue, et déjà remplacée dans le cœur de son père par cette odieuse bonne femme et ses deux détestables moutards...

Depuis l'instant où Johanna lui avait dit : « Je veux bien... Tu peux venir... Je serai seule ce week-end », Gérard comptait les heures, comme avant leur rencontre de Strasbourg. Dans soixante-douze heures, il serait près d'elle pour deux ou trois jours, peut-être même plus. Il partirait le jeudi soir, prendrait sa correspondance à Paris le vendredi matin. Au début de l'après-midi, il serait à Francfort.

Pour cacher son excitation, il poursuivait ses longues promenades solitaires et se contraignait à son habituel silence. Il avait, le soir même, avisé son père de son départ.

« Je pars jeudi soir pour quelques jours, p'pa. Je m'ennuie ici. Je n'ai pas le moral...

– Je sais, avait répondu Louis Villa. Cela se voit... Tu es absolument impossible!

– Je m'en rends compte. C'est pour cela qu'il faut que je parte! »

Louis Villa avait fixé Gérard d'un air inquiet.

« Ne te fais pas de souci, p'pa!... Et surtout, ne crois pas que je déteste Mme Chenais. Elle est jolie, tu sais, et j'espère qu'elle ne m'en veut pas... »

Louis Villa s'était laissé tomber sur une chaise, ébahi. Gérard lui avait serré affectueusement l'épaule et avait prestement disparu dans sa chambre.

XI

GÉRARD fut surpris qu'en ce vendredi de la mi-juillet il y eût si peu de monde dans le train qui partait pour l'Allemagne. Il voyagea seul jusqu'à Metz, lisant par bribes un roman d'espionnage auquel il ne comprenait rien. Au passage de la frontière, le policier allemand qui contrôla ses papiers d'identité avait un gros visage débonnaire.

Le soleil brillait sur les massifs boisés du Palatinat. Le week-end serait magnifique, Gérard en était sûr. Il essayait d'imaginer de quelle manière Johanna et lui le passeraient : Johanna avait peut-être prévu une de ces longues promenades en forêt qu'elle affectionnait, ou bien encore une baignade, et le soir ils iraient danser, ou plutôt non, ils éviteraient la foule pour marcher, solitaires, comme ils l'avaient fait à Paris le mois précédent.

Sarrebruck... Kaiserslautern... Mannheim... Les arrêts dans les gares lui avaient paru interminables. Plus il approchait, plus le train lui semblait ralentir. Il n'avait pas faim. Pour tuer le temps, il alla au snack-bar manger un sandwich et boire une bière. Passé Mayence, lorsqu'il revint à son compartiment, celui-ci était complet. Il resta dans le couloir, accoudé à la barre d'appui de la fenêtre.

Johanna l'attendait. Il la reconnut de loin. Elle s'était postée dans le hall, un peu à l'écart. Elle portait un jean bleu et un débardeur rouge qui lui découvrait les épaules. Elle tenait par le cou un bambin blond qui se tenait debout appuyé contre elle.

« Bonjour! dit-elle.

– Bonjour! »

Il serra la main que Johanna lui avait tendue.

« Voici Gregor! »

Il déposa un baiser sur la joue du petit.

« Tu as fait un bon voyage? demanda Johanna. As-tu déjeuné?

– Oui...

– Avant de laisser Gregor chez sa grand-mère, il faut que je le conduise à l'hôpital, pour une visite... Cela ne te dérange pas?

– Non, bien sûr! dit Gérard.

– Ce n'est pas loin... Quelques minutes seulement! »

Ils gagnèrent le parking où Johanna avait laissé sa voiture. Devant la gare, il y avait des travaux. Les rues étaient larges et bruyantes.

« Qu'est-ce qu'on va faire, après? demanda Gérard.

– On ne va pas rester dans la ville, dit-elle. Il fait beaucoup trop chaud. Ce serait préférable d'aller dans la campagne, ne crois-tu pas?

– Sans doute. Mais je ferai tout ce que tu voudras. L'essentiel est que je sois près de toi! »

Il monta près d'elle, et le petit s'assit sur la banquette arrière. Johanna conduisait silencieusement, calmement. Il posa doucement la main sur son genou.

« J'ai bien cru que ce moment n'arriverait jamais! » dit-il.

Elle ne répondit pas, comme absorbée par la conduite. Il regardait attentivement le profil auquel il avait tant rêvé depuis Strasbourg. Il retrouvait le petit nez arrondi, la frange de cheveux sur le front, le lobe de l'oreille légèrement ourlé.

Il se retourna pour contempler le garçonnet. Celui-ci le fixait d'un œil bleu.

« Il est beau, ton fils! dit Gérard.

– ...

– Il a l'air très sage...

– Il n'est pas rassuré d'aller à cette visite médicale, dit-elle en souriant.

– Ce sera long? demanda Gérard.

– Non, je ne crois pas... »

Ils attendirent dans une grande salle claire aux larges baies ouvertes sur des pelouses rasées de frais. Devant eux, des gens parlaient à mi-voix. Gérard restait muet pour éviter de se faire remarquer en parlant français. Pendant l'absence de Johanna et du petit, il se leva, gagna le fond de la salle et s'absorba dans la contemplation du jardin. Ainsi, il ne risquait pas que quelqu'un lui adressât la parole. Il tenta de se rappeler les quelques mots d'allemand qu'il avait récemment appris. Ses connaissances lui parurent ridicules.

« Ce n'est pas grave? dit-il à Johanna lorsqu'ils sortirent.

– Non, ce n'est rien, répondit-elle brièvement. Il a été très sage, il n'a même pas pleuré... Nous allons nous arrêter plus loin, j'ai promis de lui acheter une glace.

– C'est loin, chez ta mère? demanda Gérard.

– Assez loin... C'est au bout de la ville, de l'autre côté! »

Dans la voiture, l'enfant se leva du siège et passa ses bras autour du cou de sa mère.

Gérard retira sa main, qu'il avait posée sur l'épaule de Johanna, et regarda sa montre. Il était plus de quatre heures et il avait l'impression de n'être arrivé que depuis quelques minutes.

Au bout de la ville, il descendit pour caresser la joue de Gregor, qui passait sur sa glace une langue gourmande.

« Attends-moi dans la voiture, dit Johanna. Je n'en ai pas pour longtemps. »

Le quartier était calme, propre, d'aspect cossu. Johanna avait garé le véhicule sous des arbres, près d'une placette où débouchaient deux rues étroites et silencieuses, écrasées de soleil. Gérard alluma une cigarette pour calmer son impatience. Johanna revint peu après.

« Je dois le chercher dimanche soir, lui dit-elle. Pas trop tard. Il te faudra reprendre le train à ce moment!

– Mais pourquoi? s'exclama Gérard. J'ai tout le temps, je suis en vacances. Je peux rester, j'ai de l'argent, tu sais!

– Ce n'est pas le problème, répondit-elle. Il ne faut pas que tu restes. Mon mari doit rentrer à ce moment et sera toujours présent la semaine prochaine. Il est impossible que tu restes!

– Ecoute, écoute-moi, Johanna, fit Gérard, déçu, nous n'allons pas parler à présent de mon départ, je viens d'arriver. Attendons demain, ou après-demain... Si nous parlions de ce que nous allons faire... Tu as prévu quelque chose?

– Je crois le mieux est de partir à la campagne, dit-elle. L'Odenwald n'est pas éloigné. Il y a dans cet endroit des villages charmants. Nous resterons dans un de ces villages ce soir. Et demain, nous verrons...

– Comme tu voudras! » fit Gérard.

En chemin, elle raconta quelques souvenirs de sa vie d'étudiante, ses voyages en auto-stop de l'université à son village du bord du Main avec sa meilleure amie, dont elle n'avait plus de nouvelles depuis longtemps.

« C'est à Heidelberg que tu as connu ton mari? demanda brusquement Gérard.

– Oui. Il étudiait le droit à ce moment... Mais nous nous sommes perdus de vue pendant plusieurs années...

– Tu es heureuse, avec lui? » lança-t-il.

Elle ne répondit pas.

« Excuse-moi. Je ne voulais pas être indiscret...

– C'est mon problème, dit-elle. Il ne faut pas que tu penses à cela... »

Gérard la dévorait des yeux. Il n'écoutait que d'une oreille distraite les quelques explications qu'elle lui donnait sur les petites villes et les villages qu'ils côtoyaient ou traversaient. Deux jours! Il n'avait que deux jours à passer près d'elle... Et ensuite?

« Si je repars lundi, fit-il, quand te reverrai-je?

– Je ne sais pas... Ne parlons pas de cela. Nous verrons demain... »

Elle conduisit longtemps en silence.

« Qu'est-ce que tu as? Tu n'es pas bavarde, aujourd'hui, dit Gérard, qu'une angoisse empoignait subitement.

– Rien! » dit-elle.

La route serpentait entre des prés verdoyants et de sombres forêts de pins accrochées aux flancs de collines.

« Il est beau, ton pays! dit Gérard. J'aimerais le connaître...

– C'est encore plus beau dans le Sud, dit-elle. La Forêt-Noire...

– Si on y allait! »

Elle partit d'un grand rire.

« Tu es fou. C'est beaucoup trop loin. Nous passerions des heures sur la route...

– Tu as raison. Il faut nous arrêter tôt. J'ai faim. »

Il lui saisit le bras.

« Tu vas me gêner pour conduire, dit-elle. Et nous pourrions avoir un accident. Tu n'es pas raisonnable! »

Raisonnable! Elle n'avait que ce mot à la bouche. Elle était d'un calme étrange, alors que lui bouillonnait du désir de la serrer dans ses bras, de poser sa tête sur son épaule, de sentir l'odeur de ses cheveux, de la respirer, de lui dire : « Johanna, garde-moi... Je ferai tout ce que tu voudras, depuis des jours je ne suis plus moi-même, je ne pense qu'à toi, je suis seul, j'ai écarté mes amis, mon père, je ne connais plus personne, je ne veux plus connaître personne d'autre que toi... Que toi ! »

Il se pencha pour l'embrasser. Elle le repoussa.

« Non! dit-elle. Attends! Nous allons nous arrêter au prochain village... »

Il l'attendit longtemps dans la voiture, en étudiant le guide routier qu'elle avait rangé dans le vide-poches. Devant lui s'élevait un hôtel neuf, cubique, d'un seul étage, avec de larges baies et un balcon de ciment qui courait tout au long de la façade.

Johanna ouvrit la grande porte vitrée de l'entrée et descendit les marches du perron.

« J'ai retenu une chambre, dit-elle, mais ce n'est pas un restaurant. Nous devrons dîner dans le village... »

Une route droite bordée de maisons proprettes et séparées par des jardins descendait au village.

Il remplit sa fiche d'hôtel et suivit Johanna, un sac de voyage dans chaque main.

La chambre était spacieuse, avec deux immenses baies vitrées qui ouvraient sur le balcon, d'où l'on découvrait au loin une ligne onduleuse de collines, et meublée de deux lits jumeaux séparés par des tables de nuit rustiques.

Johanna prétexta la nécessité d'une douche immédiate pour le laisser seul et désœuvré, assis sur le lit, devant le sac ouvert où il devinait son linge personnel. L'inquiétude qui l'avait saisi dès qu'il l'avait retrouvée avec son fils l'avait repris et ne le quittait plus. Cette chambre ouverte sur la campagne lui paraissait manquer d'intimité et l'attitude distante de Johanna le laissait perplexe.

« A ton tour, maintenant, si tu veux, dit Johanna, une serviette autour de la tête. L'eau froide, c'est délicieux, par cette chaleur... »

Gérard prit une douche rapide et la retrouva alors qu'elle rangeait ses vêtements dans la penderie. Il l'attira contre lui et l'embrassa avidement.

« Johanna! murmura-t-il. Johanna... »

Elle resta muette, s'abandonnant à ses caresses, passive, les yeux fermés, la bouche insaisissable.

Gérard resta longtemps les yeux fixés sur le rideau de la fenêtre grande ouverte qui laissait passer la lumière du jour et redonnait à la chambre sa nudité. Puis il se retourna vers l'autre lit où Johanna dormait profondément, recroquevillée sous le drap défait.

Il avait peu dormi. Au cours de la nuit il avait allumé la lampe de chevet pour regarder Johanna. Lorsqu'il avait voulu l'approcher, elle s'était brusquement retournée en grognant et en tirant le drap sur sa tête. Le matin, très tôt, aux premières lueurs de l'aube, il l'avait rejointe à nouveau pour lui faire l'amour à demi endormie, toujours d'une incompréhensible passivité.

Il se leva doucement et gagna, pieds nus, le balcon. Le matin était clair, l'air frais et léger, la rue déserte. Au loin, une brume vaporeuse s'accrochait aux contours des collines. Il aimait ces collines, elles lui étaient déjà familières. Ce pays étranger lui était déjà familier, les gens qu'il y avait vus n'étaient ni plus ni moins indifférents que ceux qu'il côtoyait en France, à Paris, chaque jour. Et leur langue qu'il avait toujours imaginée rocailleuse et barbare, il la trouvait séduisante, il la devinait riche. Se pouvait-il que tout fût aussi rapidement changé dans sa vie par la seule grâce d'une femme?

Il rentra dans la chambre. Il était près de neuf heures. Il réveilla tendrement Johanna. Ils descendirent dans une vaste salle où un couple de touristes britanniques dégustait un thé, l'air compassé. Comme il remarquait que Johanna les observait d'un air amusé, il dit aigrement :

« Typiquement british, ceux-là!

– C'est vrai, dit-elle. On les reconnaît partout à leur maintien. Ils me rappellent...

– Beaucoup de souvenirs! coupa-t-il.

– Qu'est-ce que tu as? dit-elle, surprise.

– Des souvenirs, reprit-il, tu dois en avoir des quantités. Partout... En Allemagne, en Angleterre, en France, en Amérique... »

Et, comme elle continuait de le regarder, interdite.

« Cela me fait mal, tous les souvenirs que tu dois avoir... Moi, je n'en ai pas. Ma vie a commencé avec toi. J'ai tout oublié, tout!...

– Ne dis pas de bêtises! » murmura-t-elle.

Une grosse servante vint à eux.

« Tu prends du café? demanda Johanna.

– Oui. Noir, et très fort...

– *Kafee, bitte!* dit Johanna. *Ohne Milch*[1]...

– Tu ne prends pas de lait, toi non plus?

– Comment... Tu as compris ce que j'ai dit?

– Oui... J'ai commencé à étudier l'allemand. »

Elle sourit :

1. Café, s'il vous plaît. Sans lait.

« C'est une langue très dure...

– Je sais, dit Gérard. Mais je veux la connaître. Et je la connaîtrai un jour, tu verras... »

Elle le fixa d'un œil curieux.

« Qu'est-ce que tu en penses? fit Gérard.

– Je pense que tu ne te rends pas compte des difficultés... C'est terrible, terrible..., dit-elle en insistant sur les r.

– C'est moins terrible que de ne rien comprendre à ce que disent les gens autour de vous. L'effort en vaut la peine, non?

– C'est vrai, répondit-elle. Il faut chercher toujours à s'échapper de la vie qui nous fait prisonniers... Des habitudes, du langage, des convenances... Essayer de temps en temps d'être soi-même. C'est difficile, très difficile... Souvent impossible...

– Rien n'est impossible, dit Gérard.

– Tu parles sans savoir. Tu ne connais pas encore assez la vie!

– Je commence à la connaître, grâce à toi. Et je voudrais la connaître... avec toi... »

Elle but sa tasse de café sans répondre.

« J'ai pensé que nous pourrions déjeuner sur l'herbe, dans la campagne, reprit-elle. Nous mangerons légèrement. Par ce temps, c'est préférable, je crois...

– Tu as raison, dit Gérard. C'est une excellente idée. »

Il se félicitait de la solitude qui les attendait. La veille il n'avait pas aimé le restaurant où un groupe de jeunes gens bruyants avait dîné près d'eux et gâché l'intimité de leur repas.

Ils s'arrêtèrent au village pour acheter des provisions sur un marché écrasé de soleil, dont le calme l'étonna. Il fit part de sa surprise à Johanna.

« En France, les marchés, c'est beaucoup plus vivant, plus coloré, plus débraillé. C'est plus amusant...

– N'oublie pas que c'est l'époque des vacances. Et nous sommes dans une toute petite ville... »

Après qu'ils eurent pris quelques boîtes de bière et des bouteilles de Coca-Cola dans une épicerie, ils roulèrent longtemps à travers la campagne, sur des routes quasi désertes.

« Où va-t-on? demanda Gérard.

– Au bord du Neckar... La vallée est très belle. Nous pourrons longer le fleuve jusqu'à Heidelberg et dormir là-bas ce soir. La ville est agréable, pittoresque, et ce n'est pas très loin d'ici. »

Le fleuve coulait, encaissé entre des collines abruptes peuplées de forêts qui lançaient vers le ciel bleu un assaut violent et serré.

« C'est beau, n'est-ce pas? dit Johanna.

– Très beau », répondit Gérard laconique.

Ils quittèrent la route qui longeait le

fleuve pour s'enfoncer à travers bois, trouvèrent un long pré en pente au bout duquel serpentait un ruisseau. Ils y pique-niquèrent en devisant gaiement, s'amusèrent à remonter le courant les jambes dans l'eau jusqu'aux genoux, en tâtant du pied les pierres, puis s'allongèrent dans l'herbe, en plein soleil.

« Je voudrais que le temps s'arrête, murmura Gérard.

– Tais-toi! » dit-elle.

Ils restèrent longtemps, les yeux fermés, sans bouger, livrés au soleil. Gérard s'efforçait de ne penser à rien. Il savait que jamais plus il n'oublierait ce moment, la main de Johanna dans la sienne, l'épaule de Johanna sous sa tête, et la forêt sombre qui couvrait le coteau, en face, et bouchait l'horizon.

Ils louèrent une chambre pour la nuit dans un confortable hôtel dont les fenêtres surplombaient les rives du Neckar, puis traversèrent le fleuve. Dans les rues, la chaleur était devenue étouffante. Le ciel s'assombrissait et un orage roulait au loin.

Ils entrèrent dans un restaurant vide.

« Tu as faim? demanda Johanna.

– Non!

– Il faut manger. Ici, c'est un très bon restaurant. J'y venais souvent, autrefois... »

Elle lui montra le menu, soulignant du doigt les plats proposés.

« *Tasse fleischbruhe mit Markloschen...* C'est un potage avec une sorte de quenelle...

– Il fait trop chaud pour prendre un potage!

– Alors, prends ceci! « *Kasseler* », c'est une côte de porc fumée et rôtie, avec du chou rouge et des pommes vapeur. C'est très bon!... Et pour le dessert, tu devrais choisir ceci! »

Gérard lut péniblement *Eisbecher mit Kirschen und Sahne.*

« Qu'est-ce que c'est?

– Une glace avec des cerises et de la crème Chantilly.

– Choisis ce que tu veux, dit Gérard, cela m'est égal. »

Ils dînèrent rapidement, puis flânèrent dans la ville. Elle lui montra l'université où elle avait fait ses études, l'immeuble où elle prenait pension dans une chambre minuscule, lui parla de soirées où ils se réunissaient entre étudiants pour boire et discuter tard dans la nuit. Elle prenait un tel plaisir à raconter toutes ces choses que Gérard n'osait l'interrompre. Cependant, ces confidences lui faisaient mal.

« Veux-tu qu'on monte à la citadelle? demanda Johanna. De là-haut, le spectacle est magnifique!

– Oui... »

Avant de prendre le chemin qui menait au château, elle le laissa quelques instants afin de téléphoner d'une cabine publique pour avoir des nouvelles de son fils.

Le jour commençait à décliner. Gérard distinguait à peine les lettres SCHLOSS peintes sur une pancarte qui indiquait la direction du château. L'orage se rapprochait.

La pluie les surprit alors qu'ils atteignaient l'entrée. Elle se mit à tomber brutalement, violente et drue. Ils durent s'abriter quelques minutes sous le porche avec des touristes, puis chercher un autre abri. Ils coururent dans l'averse jusqu'au bout de la cour, vers une sorte de belvédère d'où ils découvraient les bois qui peuplaient l'autre rive et la vallée du fleuve qui s'élargissait vers la plaine. Des éclairs bleuissaient le ciel noir qui vibrait sous les coups violents du tonnerre. L'averse se prolongeait, toujours aussi serrée.

« Nous n'allons pas rester ici toute la nuit, dit Gérard, frissonnant sous son léger polo.

– Je vais essayer de téléphoner pour appeler un taxi », dit Johanna.

Ils durent attendre longtemps le taxi après avoir pataugé dans les larges flaques qui parsemaient la cour. Gérard fulminait intérieurement contre ce château, cet orage qui l'empêchait de parler à Johanna, une Johanna qu'il sentait bizarre, distraite, lointaine, en proie à des pensées moroses ou à tous ses souvenirs de jeunesse, et il se répétait avec amertume qu'il n'avait aucune place dans tous ces souvenirs et que, peut-être, il était né trop tard.

« Maintenant, il faut parler, dit Johanna, car nous allons nous quitter bientôt. »

Ils s'assirent sur des troncs d'arbres abattus le long du chemin qui serpentait à travers une haute fûtaie de sapins.

« Mais je peux attendre...

– Non, il faut rentrer de bonne heure, et tu dois partir ce soir ! »

Gérard voulut lui prendre la main. Elle le repoussa doucement.

« Ecoute, dit-elle, je voulais te le dire depuis hier... Je ne te reverrai plus...

– Mais pourquoi ? s'écria Gérard atterré. Qu'est-ce que je t'ai fait ?

– Rien, Gérard, tu ne m'as rien fait, mais ce n'est plus possible.

– Mais je t'aime, Johanna, je t'aime, moi !...

– Je le sais, dit-elle, je le sais.

– Et toi, tu ne m'aimes pas ?

– Si je ne t'avais pas aimé, est-ce que je serais là ?

– Alors?

– Il ne faut plus nous revoir... Je t'ai dit que ce n'est plus possible.

– Mais enfin...

– Non, Gérard... Tu as rêvé... Nous avons rêvé... C'est fini, maintenant! »

Il se leva, marcha sur le chemin en frappant du poing son autre main ouverte.

« Je m'en doutais, fit-il, les larmes aux yeux, je le savais, mais je ne pouvais pas le croire... Mais pourquoi, pourquoi?

– C'est ainsi, dit-elle. C'est décidé. Je ne veux pas te revoir! »

Il retourna s'asseoir près de Johanna. Les yeux brouillés de larmes, il fixa son visage impénétrable.

« Excuse-moi, souffla-t-il, je pleure comme un gosse. C'est idiot!

– Il faut pleurer, si cela te soulage, dit-elle. Et ce n'est pas idiot... »

Il resta longtemps silencieux, la tête dans les mains.

« Allons, il faut partir! » dit Johanna.

Il la suivit docilement jusqu'à la voiture, qu'elle avait garée à l'entrée du chemin. Elle marchait tête baissée, sans un mot, sans un regard pour lui.

« Johanna! dit-il alors qu'elle s'asseyait au volant. Ecoute, écoute-moi!

– Tais-toi... Cela ne changera rien. Tout est dit, tout est décidé. C'est cruel, mais il le faut... »

Près d'eux passa lentement, au trot paisible d'un cheval, une sorte de char à banc conduit par un vieux paysan coiffé d'un chapeau tyrolien.

Ils rentrèrent à Francfort par le quartier de Sachsenhausen, où Johanna habitait au rez-de-chaussée d'un immeuble d'aspect cossu.

« C'est ici l'appartement où je vis, dit-elle. Veux-tu le voir? »

Gérard se tourna vers elle, stupéfait.

« Non! » dit-il.

Elle n'insista pas.

« Nous avons encore quelques heures avant le départ de ton train, reprit-elle. Tu veux manger?

– Je ne veux pas prendre le train ce soir, fit-il, et je n'ai pas faim...

– Alors, je vais te montrer le quartier... Il est très pittoresque. Et je vais te louer une chambre à l'hôtel près de la gare. Tu es fatigué, tu partiras demain! »

Ils errèrent par les petites rues proches du Main, pleines d'une foule animée. Les salles des cafés étaient combles et des hippies buvaient, vautrés sur les trottoirs, des chopes de bière mousseuse.

Ils entrèrent dans la cour intérieure d'un établissement et s'assirent sur un banc, devant une longue table de bois encombrée de verres vides. De la salle leur parvenaient des bribes de musique. Il reconnut l'air de *Bimbo.*

« Tu entends, lui dit Johanna. Tu te souviens?

– Oui... Allons-nous-en! »

Ils fendirent la foule qui se pressait aux portes du *Bierstube.*

« C'est bientôt l'heure, dit-elle. Il faut que je te laisse.

– Oui... oui... », fit-il abruti de chagrin.

Elle le conduisit jusqu'à un hôtel proche de la gare.

« Attends-moi une seconde! » dit-elle.

Il contemplait stupidement le gardien du parking qui délivrait des billets aux arrivants avant de soulever la barrière d'accès. Il sortit son portefeuille, compta machinalement les marks qui lui restaient. La fumée de sa cigarette lui brûlait les yeux, le faisait larmoyer.

« Elle va dîner avec moi, se dit-il. Il faut qu'elle dîne avec moi, qu'elle reste encore avec moi... »

Johanna ouvrit brusquement la portière.

« Viens, dit-elle. Je t'ai retenu une chambre pour la nuit et je t'ai pris un billet de train pour Paris. Il est l'heure de nous quitter. »

Il la suivit comme un automate.

« Tu vas pouvoir dîner ici, dit-elle. Il y a un restaurant dans l'hôtel.

– Je n'ai pas faim...

– L'hôtel est là », dit-elle en lui indiquant une enseigne à une vingtaine de mètres.

Ils s'arrêtèrent à un carrefour. Des voitures passaient à les frôler. Il avait posé son sac à terre et regardait Johanna, la tête vide.

Elle l'embrassa furtivement sur la bouche.

« Adieu ! » dit-elle.

Elle s'éloigna en courant.

Planté au bord du trottoir, les bras ballants, il resta immobile, paralysé d'une stupeur douloureuse. Il la vit sortir du parking. Elle passa près de lui sans ralentir et tourna au coin de la rue à toute vitesse, dans un long crissement de pneus.

« *Auf bald... Auf wiedersehen! Auf wiedersehen*[1]!... » murmura-t-il.

1. A bientôt... Au revoir... Au revoir!

XII

IL PLEUVAIT depuis longtemps déjà. La vitre du compartiment était toute brouillée. La pluie avait commencé de tomber quelque part avant Mannheim, ou après. Gérard avait oublié. Il se rappelait seulement que le ciel s'était couvert à Mayence et qu'à Francfort, ce matin, il faisait un temps magnifique. En attendant le train, il avait erré dans le hall de la gare et sur la place poussiéreuse, avait dépensé les quelques marks qui lui restaient à acheter des cigarettes et une boîte de bière, qu'il avait bue tout de suite pour apaiser le feu de sa gorge et, peut-être, sa faim. Car il n'avait rien absorbé depuis que Johanna l'avait quitté, sauf une chope de bière au bar de l'hôtel avant de regagner sa chambre où, abruti de stupeur et de fatigue, il avait dormi d'un sommeil de plomb jusqu'au petit matin.

Autour de lui, une bande joyeuse de

jeunes gens bardés de sacs de camping discutait dans de grands éclats de rire. Il se dit stupidement qu'ils allaient peut-être en Forêt-Noire et qu'ils rencontreraient Johanna là-bas. Lui s'en allait vers l'Ouest, loin, très loin, seul, tout seul...

Tassé dans son coin, les yeux mi-clos, il s'abandonna pendant des heures aux secousses du train, comme paralysé, incapable de démêler l'écheveau de souvenirs qui lui emplissait la mémoire. Seule, la certitude que dans sa vie rien ne serait jamais plus pareil s'était profondément ancrée en lui.

Les jeunes gens descendirent dans une gare dont il ne put lire le nom. La pluie cessa avant la frontière pour faire place à un ciel d'un bleu très vif.

Le train approchait de Paris quand Gérard sortit de sa somnolence.

Un taxi le déposa à Binic à la nuit tombée. La stupeur douloureuse qui ne l'avait pas quitté depuis le départ de Johanna s'estompait à l'idée que celle-ci ne quitterait Sachsenhausen que dans quelques jours et qu'il pourrait donc lui téléphoner dès le lendemain.

Il trouva l'appartement vide. Il mangea avec appétit des crudités et des tranches de viande froide que son père avait laissées dans le réfrigérateur et alla se coucher sans plus attendre, satisfait de n'avoir pas à fournir d'explications sur ce week-end.

« Tiens, tu es là! s'exclama Louis Villa surpris. Je ne t'ai pas entendu rentrer...

– Evidemment, j'étais rentré avant toi... Je suis pourtant arrivé très tard! »

Louis Villa ne releva pas l'allusion.

« Tu as passé un bon week-end?

– Très bon. Et toi? Il a fait beau, ici?

– Un temps splendide! »

Ils poursuivirent une conversation faite de futilités sur le temps, la mer, les vacances.

« Tu restes ici, maintenant? demanda Louis Villa à la fin du petit déjeuner.

– Oui! Enfin, pour une quinzaine de jours, au moins. Ensuite, il est possible que je reparte pour un week-end... »

Louis Villa ne fit aucun commentaire.

« Les Laubert sont là, dit-il simplement. J'ai vu Ghislaine et son père. Je crois que Paul va arriver bientôt! »

Gérard jeta son mégot et s'allongea sur le sable, les yeux grands ouverts sur la violente lumière du ciel. C'était fini... L'évidence du fait qu'il ne reverrait plus Johanna l'avait pénétré peu à peu bien qu'il s'en défendît farouchement, accroché à l'espoir fou que ce n'était pas possible, qu'elle reviendrait sur sa décision.

Dès le mardi, il avait téléphoné. Il avait raccroché brutalement en entendant une voix d'homme lui répondre. Le lendemain, personne n'avait répondu. La veille, enfin, il avait pu joindre Johanna. Leur entretien avait été d'une terrible brièveté. Les mots de Johanna lui sonnaient encore à l'oreille : « Ah, c'est toi... Bonjour... Non, je ne te reverrai plus jamais... Adieu... »

Il était rentré comme un fou de Saint-Brieuc et s'était jeté sur son lit pour étouffer les sanglots qui lui gonflaient la gorge.

Et puis le désespoir avait cédé le pas à une colère latente qui bouillonnait au fond de lui comme la mer écumeuse dans les trous des rochers. Jean-Claude avait eu raison : sa rencontre avec Johanna n'était qu'une aventure sans lendemain. Il ne serait pour elle qu'un souvenir – parmi combien d'autres souvenirs identiques?... Mais Jean-Claude l'avait aussi laissé tomber, son amitié n'était pas vraie, comme l'amour de Johanna n'était pas vrai. Tout était faux... Rien n'avait existé... Il avait dû rêver : les Champs-Elysées, les bords de l'Ill, la vallée du Neckar, le château de Heidelberg ne l'avaient jamais vu. Ou alors, c'était un autre Gérard, plus jeune, plus fou, différent...

Il remonta sur le port, s'accouda sur une rambarde pour regarder un pêcheur tourner précautionneusement son moulinet. De l'autre côté du bassin, une voiture publicitaire dispensait des slogans entrecoupés de musique. Il flâna longtemps, sans but, désœuvré, incapable d'une pensée précise, portant un regard torve sur les bateaux, les voitures, les gens qui passaient. Etranger à tous, aux autres comme à lui-même.

Ghislaine avait longuement suivi des yeux Gérard lorsque celui-ci avait passé son chemin. Elle regrettait de lui avoir tourné le dos. S'il se retournait, elle repousserait ce François qui se faisait appeler Franck, elle se lèverait et elle courrait vers Gérard. Elle lui dirait : « Tu ne veux pas que je reste avec toi, qu'on passe nos vacances ensemble, tous les deux? »

Gérard ne s'était pas retourné. Et lorsque, longtemps après, il était repassé devant elle, il n'avait même pas daigné lui jeter un regard.

« Qu'il joue donc les solitaires ténébreux, si ça l'amuse. Je m'en fiche! »

Franck l'avait prise par le cou pour l'embrasser. Elle s'était laissé faire, à la fois étonnée et mécontente contre Gérard et contre elle-même, contre ce Franck dont elle n'aimait pas les cheveux trop blonds et trop raides, et contre les autres, Michel, Eric, Didier, Nadine, Agnès, qu'il lui arrivait de trouver stupides.

Quand elle vit Gérard entrer dans la crêperie, les traits tirés, le visage las et fermé, Ghislaine pâlit. La bande occupait plusieurs tables accolées au beau milieu de la salle, et Gérard ne pouvait pas être entré sans l'apercevoir. Elle se dit que, peut-être, il était venu pour elle.

Il alla s'asseoir sur une banquette, dans un coin, et commanda une bière.

Elle chercha vainement son regard. Déçue, elle passa le bras autour du cou de Franck et se jeta dans la discussion animée que tenaient les autres.

Gérard but une gorgée de bière, alluma une cigarette et observa les lieux. Face à lui se dressait un comptoir surplombé d'un auvent de paille sous lequel étaient accrochées des rangées de bols multicolores. Devant le comptoir s'alignaient de hauts tabourets à siège de cuir et à trois pieds taillés dans le chêne brut. Des jougs étaient suspendus à une longue poutre vernie qui traversait la pièce d'un bout à l'autre. Derrière les tables du centre où se trouvaient Ghislaine et sa bande s'élevait une lourde armoire bretonne décorée d'étoiles cloutées de cuivre. Aux murs étaient fixées d'anciennes lampes à pétrole. Avec son plafond bas, ses poutres, son sol de grands pavés couleur feu, sa porte de lit clos qui tenait tout un pan de mur, la pièce spacieuse paraissait petite.

Une serveuse essuyait des verres derrière le bar. Gérard alluma une nouvelle cigarette. A quelques mètres de lui la bande dévorait des crêpes en buvant du cidre. Il voyait Ghislaine de trois quarts. Elle bavardait et gesticulait sans cesse, en riant et secouant son épaisse chevelure brune. Elle avait un teint hâlé et portait un pull marin rayé qui accusait les formes de sa poitrine.

Le grand garçon blond assis près d'elle se pencha pour l'embrasser à pleine bouche. Gérard se mordit les lèvres. Une rage incompréhensible l'envahissait.

« Ils m'énervent, à faire tout ce boucan! » grogna-t-il.

Il commanda une autre bière, surveillant du coin de l'œil Ghislaine et ses compagnons.

« D'où sortent-ils, ceux-là? se dit-il. Je ne les ai jamais vus. »

Le garçon blond avait un visage antipathique, avec des lèvres minces et sinueuses, des yeux clairs et des cheveux longs et raides. Ghislaine avait posé la tête sur son épaule et souriait à un autre garçon qui lui racontait quelque chose à l'oreille.

« Elle m'a vu... Elle se fout de moi! » pensa Gérard.

Johanna... Ghislaine... Toutes les

mêmes... Un jour un garçon, un jour un autre!...

Il détailla attentivement Ghislaine. Jamais il n'avait remarqué comme ce soir l'éclat de ses yeux et de son sourire, sa longue chevelure, la finesse de sa silhouette. Comment se pouvait-il qu'elle eût ainsi changé en si peu de temps? A quand remontait leur dernière rencontre de copains? Quinze jours, trois semaines, un mois? C'était si loin... Avant Johanna. Alors, il était un autre garçon. Et maintenant, voici qu'elle était une autre fille, coquette, idiote... C'était bien cela, une idiote! Il faudrait qu'il le dise à son frère, à Paul Laubert, qui devait arriver bientôt.

Mais, auparavant, il fallait qu'il le lui dise, à elle...

Il se leva et s'approcha de la longue table.

« Ghislaine! » s'écria-t-il.

Elle leva les yeux vers lui sans bouger.

« Ghislaine! répéta-t-il. Tu viens une minute... J'ai quelque chose à te dire! »

Tous, garçons et filles, le fixaient, surpris.

« Alors, tu viens? » souffla-t-il.

Elle fit non de la tête.

« Fiche-lui la paix! dit un garçon, tu vois bien qu'elle ne tient pas à ta compagnie!

– Qu'est-ce qu'il veut, ce mec? » lança un autre.

Gérard fit volte-face.

« Toi, ferme-la! Je ne t'ai rien demandé! »

Le garçon blond se dressa en repoussant sa chaise.

« Laisse tomber! fit-il penché au-dessus de la table. Et fous le camp! Sinon... »

Le poing de Gérard lui écrasa la bouche. Il bascula en arrière et s'écroula dans un grand bruit de chaises et de verres renversés. Les filles se mirent à crier. Ghislaine regardait Gérard, les yeux agrandis de stupeur et d'effroi. Il lui jeta un coup d'œil méprisant et tourna les talons.

Avant qu'il eût passé la porte, un coup violent derrière l'oreille le projeta en avant. Il tomba à genoux sur le trottoir, la tête bourdonnante. Il entendit vaguement une voix de femme qui glapissait : « Si vous continuez, j'appelle la police! » Alors qu'il se redressait, un coup de pied le frappa en plein visage. Un goût de sang lui emplit la bouche. Il jeta autour de lui un regard brouillé. Les copains de Ghislaine l'entouraient, l'air menaçant.

« Laissez-moi lui casser la gueule! » lança le grand blond.

Ghislaine se précipita devant Gérard, assis à terre, encore étourdi.

« Arrêtez! Vous êtes fous! Laissez-le!... »

Des passants s'approchaient.

« Laissez-le! Allez-vous-en! » cria Ghislaine.

Elle aida Gérard à se relever et le fit asseoir sur une chaise de la terrasse. Les autres faisaient cercle autour d'eux.

« Je le connais, dit-elle. Laissez-nous! »

Gérard essuya d'un revers de main le sang qui coulait de son nez et de sa lèvre. La patronne, une grosse femme entre deux âges, s'approcha, l'air courroucé.

« Vous n'avez pas honte! cria-t-elle. Et la casse?...

– Je vais vous rembourser, madame! répondit vivement Ghislaine. Est-ce que je peux avoir de l'eau? »

Les passants s'étaient dispersés. Un peu plus loin, les garçons et les filles de la bande les observaient. Une serveuse apporta une carafe d'eau. Ghislaine imbiba son mouchoir et essuya le visage ensanglanté de Gérard.

« Ce n'est rien! disait-elle. Ce n'est rien!... Nous allons rentrer... Je vais te raccompagner chez toi! »

Gérard frissonna.

« Tu as froid? demanda Ghislaine.

– Non!

– Attends-moi une seconde... Je reviens! »

Ils marchaient doucement, silencieusement, sur le quai du port que la nuit tombante avait vidé des estivants.

« Tu as mal? demanda Ghislaine.

– Non... Ce n'est rien! » souffla Gérard.

A chaque seconde, son sang lançait des pulsations douloureuses dans sa lèvre gonflée et la tête lui pesait. Elle lui montra un banc.

« Veux-tu te reposer un peu?

– Non...

– Tu veux rentrer tout de suite? »

Il se tourna vers elle. La lueur d'un lampadaire éclairait son visage tout proche, tendu vers lui.

« Non! »

Elle lui prit la main :

« Je vais rester avec toi ce soir...

– Et tes copains? murmura Gérard.

– Je m'en fiche! dit-elle violcmment.

– Si on s'asseyait...

– Il faut retourner au banc, là-bas...

– Pourquoi pas ici!

– Si tu veux... »

Ils s'assirent sur les dalles du quai, les jambes pendantes au-dessus de l'eau. C'était l'heure de la marée montante. Des voiliers grinçaient en tirant sur leurs amarres. Au loin, sur la jetée, des promeneurs passaient lentement dans la pénombre.

« Ghislaine!

– Oui...

– Je ne sais pas ce qui m'a pris...

– ... »

Sa rage avait fondu, le laissant faible et amer.

« Pourquoi m'avez-vous tous laissé tomber? murmura-t-il. Tous... Mon père, et Jean-Claude, et toi aussi... »

Elle répondit doucement, après un silence.

« Tu crois vraiment qu'on t'a laissé tomber? »

Il regarda la main de Ghislaine, posée à plat sur la dalle du quai. Il avait envie de pleurer et maudissait cette faiblesse qui l'envahissait si souvent depuis qu'il avait connu Johanna.

« Si tu savais ce qui m'est arrivé! dit-il.

– Gérard!

– Quoi?

– Je le sais...

– Hein!

– Je le sais... Jean-Claude m'a tout dit!

– Ah! »

Elle posa la main sur son genou.

« C'est sans doute pour cela que tu as eu des problèmes avec ton père, et c'est pour cela que tu t'es fâché avec Jean-Claude. Je ne dis pas que tu as eu tort et je ne t'en veux pas, mais je crois que tu as été injuste... »

Il ne répondit pas, jeta quelques cailloux dans l'eau.

« Gérard, ça va mieux? demanda-t-elle.
– Oui...
– Tout cela est ma faute...
– Mais non!
– Si! Et pourtant, si tu savais comme je m'en fiche, de ceux-là! »

Gérard pensa à Jean-Claude et à ce qu'il lui avait dit de Ghislaine : « C'est une fille super, et j'aimerais avoir ta chance, alors que tu cherches midi à quatorze heures! »

Il frissonna de nouveau, ferma le col de sa chemise.

« Il fait plus frais que l'an dernier à cette époque, dit-il. Tu ne crois pas?
– Peut-être, répondit-elle.
– Tu ne te souviens pas de l'an dernier?
– Bien sûr que si!
– C'était comment, pour toi?
– ...
– Tu ne veux pas me répondre?
– C'était très bien, dit-elle. Mais peut-être que cela aurait pu être mieux...
– J'ai changé depuis, tu sais!
– Et moi, tu crois que je n'ai pas changé? »

Il la regarda dans les yeux.

« Beaucoup! » dit-il.

Elle s'approcha de lui et posa un baiser léger sur ses lèvres tuméfiées.

Il l'accompagna jusqu'à la porte de la

maison des Laubert. Le ciel était dégagé, d'un bleu sombre semé d'étoiles.

« Toi qui es calée, dit-il, tu crois qu'il fera beau demain?

– Certainement, avec ce ciel! Et le beau temps a commencé avec la lune. Nous en avons pour une huitaine de jours...

– Alors, on se voit demain matin?

– Oui!

– Et après-demain?... Tous les jours?...

– Bien sûr. Nous n'en avons pas tellement devant nous... »

Gérard eut une pensée fugitive pour Johanna. Les heures qu'il avait vécues près d'elle avaient été rares et brèves, mais il savait que rien, désormais, ne serait plus jamais pareil qu'auparavant.

Il regardait de tous ses yeux la silhouette de Ghislaine, qui lui faisait un signe affectueux de la main en remontant à reculons l'allée du jardin qui menait à la terrasse de la villa des Laubert.

Il eut brusquement l'impression d'avoir déjà vécu cette scène. L'an dernier, peut-être... Mais cela était si loin. Demain, sans doute, il la revivrait. Hier... Demain...

Il scruta le cadran de sa montre. Minuit bientôt! Au ciel brillaient des myriades d'étoiles, lointaines, inaccessibles, dont certaines auraient demain disparu sans qu'il s'en rendît compte.

Ghislaine était rentrée. Une lumière filtra

entre les persiennes du rez-de-chaussée, puis s'éteignit. Il se retourna, s'adossa à la grille le temps d'allumer une cigarette entre ses lèvres boursouflées, puis s'éloigna à pas lents vers le port où la marée montante lançait contre la digue les coups sourds des vagues toujours recommencées.

Dans la même collection :

Thierry BELHASSEN
CHRONIQUE D'UN JOUEUR DE FLIPPER

Ben BOVA
LES OUBLIÉS DE NEW YORK

Tom BROWNE
L'ATTRAPE-FILLES

Loïs DUNCAN
COMME EN UN MAUVAIS RÊVE...

Marie FÉRAUD
COMME LARRONS EN FOIRE

Norma KLEIN
NI FEU NI GLACE

Christian LÉOURIER
LA CITÉ DES HAUTS REMPARTS

Richard PARKER
UN JOB À LA HAUTEUR

Gilbert TANUGI
L'ÉTRANGE CAS DE LIZA S.

« Composition réalisée en ordinateur par IOTA »

IMPRIMÉ EN FRANCE PAR BRODARD ET TAUPIN
7, bd Romain-Rolland - Montrouge.
Usine de La Flèche, le 20-06-1978.
1694-5 - Dépôt légal 6634, 2e trimestre 1978.
20 - 17 - 5709 - 01 ISBN : 2 - 01 - 004962 - 4